Deseo™

Sexy y rebelde

Jane Sullivan

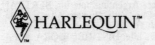

HARLEQUIN™

Editado por HARLEQUIN IBÉRICA, S.A.
Hermosilla, 21
28001 Madrid

I.S.B.N.: 978-84-671-5289-0
Depósito legal: B-35603-2007
Editor responsable: Luis Pugni
Composición: M.T. Color & Diseño, S.L.
C/. Colquide, 6 portal 2 - 3º H, 28230 Las Rozas (Madrid)
Fotomecánica: PREIMPRESIÓN 2000
C/. Algorta, 33. 28019 Madrid
Impresión y encuadernación: LITOGRAFÍA ROSÉS, S.A.
C/. Energía, 11. 08850 Gavá (Barcelona)
Fecha impresion para Argentina: 3.3.08
Distribuidor exclusivo para España: LOGISTA
Distribuidor para México: CODIPLYRSA
Distribuidores para Argentina: interior, BERTRAN, S.A.C. Vélez
Sársfield, 1950. Cap. Fed./ Buenos Aires y Gran Buenos Aires,
VACCARO SÁNCHEZ y Cía, S.A.
Distribuidor para Chile: DISTRIBUIDORA ALFA, S.A.

Capítulo Uno

Es un temerario sobre la moto, un rebelde con su propia causa, un rompecorazones o un hombre misterioso.

Es diabólicamente atractivo, con un cuerpazo de los que hacen temblar o un chico malo lleno de tatuajes que busca pelea. Es un seductor que despertará lo mejor de ti.

Y lo peor.

Es un solitario, ensimismado, celoso y posesivo, que te atrae con el encanto de diez hombres y que, al mismo tiempo, te mantiene a distancia.

Emocionada, intentas ganarte su corazón y su alma… para ver que se te escapa como la arena entre los dedos.

Y aunque sabes que deberías resistirte, con una sola sonrisa, con un solo gesto, vas tras él, convencida de que podrás domesticar a este hombre enigmático. Y cuando te tiene derretida, a sus pies, cuando has perdido la cabeza por él, entonces es cuando te deja como una sombra en medio de la noche, para no volver a verlo nunca más…

Sara Davenport conocía bien a hombres como aquél. Sabía todos sus trucos de memoria, sus mentiras, sus falsedades. Después de todo, había escrito un libro sobre chicos malos.

Literalmente.

Sara tomó un sorbo de café y miró su agenda. A su lado, Karen, su publicista, miraba su propia agenda para preparar el trabajo de la semana.

–Tienes una firma de libros el miércoles y otra el jueves por la tarde –le dijo–. Las dos aquí, en Boulder, así que no tendrás que viajar. También tienes una entrevista por teléfono con una revista de Charleston. El periodista te enviará un e-mail para decir a qué hora. Y el viernes por la noche tienes una entrevista por Internet con un grupo de lectores de Spokane.

Sara tomó nota.

–No me dejas ni un segundo libre.

–Eso está bien. Dentro de nada tu nombre será conocido en todo el país.

Sara no lo dudaba. La habilidad de su amiga como publicista era la razón por la que su libro estaba siendo un éxito. Incluso le había conseguido una entrevista en *Cosmopolitan*. Pero le resultaba difícil creer que a la tierna edad de treinta años todos sus sueños se hubieran hecho realidad.

Inicialmente, había imaginado que el libro sería una extensión de su tesis doctoral, un serio examen de las razones psicológicas, sociológicas y emocionales por las que las mujeres se enamoraban de hombres que no estaban dispuestos a comprometerse. Pero en un año, después de tres revisiones y una portada de escándalo, se había convertido en una especie de libro de autoayuda, con un título que la ponía enferma: *Buscando al chico malo.*

Seguía sin gustarle, pero no podía negar el éxito que estaba teniendo. Iban por la tercera edición y su editor quería otro libro ya. Y su mensaje estaba siendo recibido por miles de mujeres. Algo que no podía hacer a través de su consulta de psicología o sus seminarios.

–Ah, una cosa más –siguió Karen–. He llamado al director de programación de KZAP esta mañana.

–¿Para qué?

–Para que te entreviste.

–¿En la radio? No, no. No me gusta la radio.

–Pero a través de la radio se puede llegar a muchísima gente. Y tiene una ventaja que no tienen los anuncios de prensa.

–¿Cuál?

–Es gratis.

–No, la radio es impredecible. Es muy fácil decir algo sin pensar…

–Venga, Sara. Tú hablas en público continuamente.

–Sí, haciendo seminarios, un territorio que conozco bien. Tengo mis notas, controlo lo que voy a decir...

–Pero conoces el tema y eres una buena oradora. ¿Qué te preocupa?

–Es que no quiero... espera un momento. ¿KZAP? ¿No es ésa la emisora de la doctora Frieda?

–Sí.

Ah, entonces podría no estar tan mal. Hablar de su libro con un médico... quizá charlar sobre los aspectos psicológicos de la atracción, responder a preguntas de los oyentes. Eso no podía ser tan difícil.

–Pero te van a entrevistar en el programa de Nick Chandler.

Sara intentó hablar, pero no le salía la voz.

–¿Qué has dicho?

–Espera, ya sabía que te ibas a asustar. Pero...

–Nada de peros. No pienso acercarme a ese hombre.

–Pero sería una publicidad estupenda.

–¿Publicitar mi libro en su programa? Lo dirás de broma.

–Sí, sé que suena un poco raro, pero...

–¿Un poco raro? ¿Sabes que una vez entrevistó a un hombre que decía haberse acostado con mil mujeres y tenía las muescas en su cama que lo demostraban?

–Sí, bueno, pero...

–Y a una camarera que sirve copas en topless.

–Sí, eso me han dicho, pero…

–Y a un hombre que ha creado una página web para enseñar a los hombres a «ligar con las titis».

Karen levantó una mano.

–Lo sé, lo sé, demasiada testosterona, pero…

–Yo también leo las columnas de cotilleo. Conozco la reputación de Nick Chandler.

Su amiga se encogió de hombros.

–Sí, bueno, le gustan bastante las mujeres…

–¿Bastante? ¡El tipo de las muescas en la cama es un aficionado comparado con él!

–Y ésa es precisamente la razón por la que debes ir a la emisora.

Sara negó con la cabeza. Nick Chandler era un neandertal que seguramente arrastraría las manos por el suelo, tendría pelos en la espalda y dibujos de bisontes en su apartamento.

–Lo siento, Karen. No pienso dar esa entrevista. Llama al productor y dile que se olvide.

–¿Aunque Nick Chandler tenga cien mil oyentes?

–¿Estás diciendo que cien mil personas escuchan esa basura?

–Sí.

–Pues no creo que a esa gente le interese nada mi libro. Sólo serán hombres.

–No, el treinta por ciento son mujeres de dieciocho a treinta y cinco años. Eso son treinta mil mujeres que pondrán la emisora el jueves estés tú allí o no.

–¿Y por qué escuchan ese programa? ¿Les gusta sentirse mujeres objeto?

–Cariño, lo que quieren es oír la voz de Nick Chandler.

–¡Venga, por favor! ¿Qué puede una mujer encontrar atractivo en un hombre así?

–Me parece que la respuesta a esa pregunta está en tu libro.

–Sí, bueno, pero…

–Tengo la impresión de que no has visto nunca a Nick Chandler.

–Pues no, no he tenido el placer.

Karen dio la vuelta al ordenador portátil que había sobre la mesa y buscó una página web. Luego lo colocó frente a Sara.

–Mira.

La madre de Dios.

Nick Chandler, sentado en un estudio de radio, con el micrófono en la mano, con una sonrisa… una sonrisa de cine… Llevaba el pelo un poco largo y sus ojos eran de un azul tan profundo que todas las aguamarinas del mundo debían de llorar de envidia.

Sí, un hombre muy guapo. Pero, por muy guapo que fuera, intuía en él una exagerada confianza en sí mismo. Y esa confianza mostraba la verdad: en lo que se refería a las mujeres, Nick Chandler era de los que ganaban siempre.

Pero, aunque estaba claro que era un seductor, Sara no se engañaba a sí misma. Una sola mirada a aquel hombre podía ser peligrosa para la salud de una mujer.

–Sí, bueno, no está mal.

–Lo dirás de broma. Yo cambiaría todos los juguetes sexuales que tengo en el cajón de la mesilla por quince minutos con él.

–¿Ah, sí? ¿Y qué harías después de esos quince minutos?

–No lo sé, soñar, supongo.

Sara levantó los ojos al cielo.

–No he dicho que quiera casarme con él. Sólo quince minutos de sexo multiorgásmico.

–Muy bien. Espero que entiendas la diferencia entre un tipo que vale para un revolcón y un hombre con la cabeza sobre los hombros. La mayoría de las mujeres no se enteran. Creen que van a cambiar la manera de pensar de esos hombres sobre el amor, sobre la vida… y eso no va a pasar.

–Pues díselo.

–¿Y que Nick Chandler me contradiga en todo?

–Con un poco de suerte, eso es lo que hará.

–¿Cómo?

–La controversia vende –dijo Karen–. Si discutes con él tendremos muchas más entrevistas. La chica buena enfrentada con el chico malo y esas cosas, ya sabes.

–Ya te he dicho que no me interesa.

–¿Por qué? ¿Temes que se te eche encima? –sonrió Karen.

–Por favor, déjate de insinuaciones.

–¿Escribiste ese libro por hombres como Nick Chandler y ahora te da miedo enfrentarte con él?

–No me da miedo…

–Mejor. Tú eres mucho más lista que él.

–¿Cómo lo sabes?

–Porque tú eres más lista que nadie.

–Gracias por el voto de confianza, pero no pienso ir.

–Bueno, si ésa es tu decisión…

–Es mi decisión.

Karen golpeó la agenda con los dedos antes de levantar la cabeza.

–Claro que es mucho más seguro predicar a los conversos…

–¿Qué quieres decir con eso?

–No, nada. Que tienes dos opciones: puedes seguir haciendo seminarios para mujeres que están de acuerdo contigo o puedes rescatar a las almas perdidas… de las garras del mismo demonio.

Sara lo pensó un momento. Karen tenía razón. ¿Qué tal si intentase abrirle los ojos a las mujeres que más lo necesitaban?

–¿Seguro que hay treinta mil mujeres que escuchan ese programa?

–Más de treinta mil.

–Pues Nick Chandler es precisamente el tipo de hombre del que esas mujeres deberían alejarse.

–Pero si están locas por él… eso significa que te necesitan. Todas ellas. ¿Te imaginas una audiencia mejor?

Sara dejó escapar un suspiro. Debía admitir que, por el momento, Karen siempre había dado en la diana. Su creativa promoción no tenía límites.

Ni sus poderes de persuasión.

–Yo iré contigo, claro –dijo su publicista entonces–. Para darte apoyo moral.

–Muy bien, de acuerdo.

–Gracias a Dios. Te lo has tragado.

–¿Qué me he tragado?

–Eso de que vas a convencer a las mujeres… lo único que yo quería era conocer en persona a Nick Chandler.

–¿Par qué, para ver si tienes oportunidad de lograr esos quince minutos? –rió Sara.

–No te preocupes, dejaré que lo intentes tú primero. Si decides que no te gusta, para mí.

–Venga ya, Karen. Las dos somos más listas que eso.

–Sí, es verdad. Pero a veces me gustaría ser una rubia tonta –suspiró su amiga, mirando el reloj–. Bueno, tengo que irme. Hay un taburete en Kelly's que lleva mi nombre. ¿Por qué no vienes conmigo?

–No puedo. Tengo que seguir trabajando. Aún no he dado con una idea para mi próximo libro.

–¿El mismo tema?

–Sí, eso es lo que quiere mi editor, pero no sé…

–Puede que un par de martinis te ayuden a ver las cosas con más claridad.

–No, paso.

–Venga, Sara. ¿Cuándo fuimos a tomar una copa juntas por última vez?

–No he podido salir por ahí, he estado muy ocupada. Tú me has mantenido muy ocupada.

–Pero también hay que divertirse, mujer. Además, creo que necesitas un buen revolcón.

–Ya sabes que a mí los ligues de una noche no me gustan.

–Pues que sean dos noches –rió la publicista.

–De verdad, no entiendo cómo hemos podido hacernos amigas –sonrió Sara.

–Yo sí. Sufrimos las penas del infierno en el instituto. Y hablando de las penas del infierno, ¿cómo está tu madre?

–Comimos juntas hace un par de días. Nos llevamos bien desde que se vino a vivir aquí.

–¿Entonces, de verdad ha dejado a ese imbécil de St. Louis para siempre?

–Eso parece. Van a ser unas buenas fiestas, Karen. Cenará en mi casa en Nochebuena y pasaremos juntas todo el día de Navidad.

–Me alegro –dijo su amiga, con una sonrisa que no parecía sincera del todo.

En el pasado, esa sonrisa podría haber estado justificada, pero ya no.

–Han pasado tres meses. Creo que mi madre por fin ha visto la luz.

–Eso lo has dicho muchas veces.

–Lo sé, pero esta vez es diferente. Se ha dado cuenta de que repite un patrón de comportamiento equivocado y está decidida a cambiar.

–En fin, tú eres la psicóloga. Si tú crees que por fin se ha espabilado con los hombres, te creo –Karen miró su reloj–. Bueno, me voy.

–Gracias por tu ayuda.

–Sigue conmigo, *querida,* y te convertiré en una estrella.

Con un par de besos teatrales lanzados al aire, Karen salió de la consulta y cerró la puerta. Sara suspiró, mirando la pantalla del ordenador. ¿Había aceptado concederle una entrevista a aquel cafre?

Nick Chandler parecía mirarla, tentarla, retarla a meterse en su guarida, donde la esperaba para comérsela a bocados.

Él era de réplica fácil, ella no. Él sabía cómo llevar una conversación por donde le interesaba, ella era más directa. Él tenía unos ojos que podían hacer que una mujer se desmayase, mientras ella no tenía nada que pudiera distraerlo.

Lo que sí tenía era una misión. No había llegado tan lejos en la vida saltando todo tipo de obstáculos para dejarse amedrentar por aquel cavernícola. Treinta mil mujeres escuchaban ese programa todos los jueves y esas treinta mil mujeres necesitaban su ayuda.

Nick Chandler no iba a asustarla. Cuando el programa terminase, descubriría que había encontrado la horma de su zapato.

Capítulo Dos

Cuando llegó el jueves, Sara seguía tan convencida como antes de que iba a hacer lo que debía. Desgraciadamente, su estómago no parecía pensar lo mismo. Y, además, estaba nevando cuando Karen y ella subieron al coche para dirigirse a la emisora. Iban sin tiempo y Sara no parecía capaz de serenarse, de modo que era un manojo de nervios.

–No te pongas tan seria –le dijo Karen, mientras esperaban en la recepción de la emisora.

–Ya te dije que esto no me parecía buena idea.

–No dejes que Nick Chandler te vea sudar.

–He usado un desodorante extra antitranspirante esta mañana. Espero que eso sea suficiente.

–¿Quieres calmarte de una vez? Tienes que soltarte el pelo un poco, mujer. Cuenta lo que tienes que contar, pero hazlo de forma divertida.

¿Divertida? Sara se sentía como si fuera a la horca.

Unos minutos después, un hombre de unos cuarenta y tantos años, con poco pelo, pantalones caqui y camiseta apareció en el vestíbulo.

–Debe de ser el productor –murmuró Karen–. Enseguida estarás en antena. Asegúrate de hablar despacio y de forma que todo el mundo pueda entenderte...

–¿Qué quieres decir?

–Que cuando te pones nerviosa empiezas a soltar términos médicos y no hay quien te entienda.

El hombre se presentó como Butch Brannigan y mientras abría la puerta del estudio, el corazón de Sara empezó a latir como si estuviera a punto de sufrir un ataque de ansiedad. Creía estar preparada para enfrentarse con Nick Chandler. Desgraciadamente, la fotografía de la página web no le hacía justicia a aquel pedazo de hombre.

Llevaba vaqueros y un jersey de cuello de pico sobre una camiseta blanca. Y unas botas que parecían haber estado en alguna zona de guerra. No había visto la máquina de afeitar esa mañana y seguramente tampoco la mañana anterior, pero pocos hombres podrían ir sin afeitar y seguir siendo tan increíblemente atractivos.

Y qué ojos. En la guerra entre los hombres y las mujeres, esos ojos podían ser un arma letal.

–Hola, tú debes de ser Sara.

–Sí –contestó ella, ofreciéndole su mano–. Encantada de conocerte.

–No, el placer es todo mío –respondió Nick, con una sonrisa cautivadora–. Siéntate. Empezaremos enseguida. Ponte los cascos, por favor.

Su voz profunda, masculina, armonizaba perfectamente con su personalidad y su increíblemente atractivo rostro, creando un paquete que era una pura tentación. Aquel hombre podría hacer que una mujer con baja autoestima se convirtiera en su esclava en un minuto. Afortunadamente, Sara no era una mujer con baja autoestima, de modo que Nick Chandler iba a tener que buscarse a su esclava en otro sitio.

Butch salió del estudio y se colocó tras una mampara de cristal.

–Treinta segundos, Nick –le avisó.

–¿Nerviosa? –preguntó él.

–No, en absoluto –contestó Sara.

–¿Has dado alguna entrevista en la radio?

–No, es la primera.

–Ah, entonces eres virgen –sonrió él–. No te preocupes, seré muy suave contigo.

El corazón de Sara dio un saltito ante la imagen mental que había creado esa frase.

–No pasa nada. He hecho muchas entrevistas. Ésta es sólo una más, ¿no?

–Eso es.

Un agradable tono de voz. Una expresión amable. Todo en él parecía decir «puedes confiar en mí». Entonces, ¿por qué estaba tan asustada?

Porque había oído su programa y sabía cuál

era su punto de vista. Había un ejemplar de su libro sobre la mesa, pero se preguntó si habría leído algo más que la contraportada.

Unos segundos después, Nick pulsó un botón y se inclinó hacia el micrófono.

—Hoy tenemos con nosotros a la doctora Sara Davenport, autora de un libro que se llama *Buscando al chico malo*. Hola, Sara. Gracias por venir. No te importa si te llamo Sara, ¿verdad? Aquí somos muy informales.

A Sara le habría gustado llevar su título de doctorado con ella, pero no quería parecer estirada. «Sé divertida» le había dicho Karen.

—Claro que puedes llamarme Sara. Si yo puedo llamarte Nick…

—Cariño, tú puedes llamarme lo que quieras —sonrió él.

Sara tragó saliva.

—¿Por qué no nos cuentas de qué va tu libro? Así podremos hablar sobre él.

Ella respiró profundamente.

—Bueno, la premisa del libro es que existen ciertos hombres a los que ciertas mujeres parecen incapaces de resistirse. Son hombres a los que conocen en el gimnasio, hombres que se entrenan para parecer gladiadores y que las quieren por sus cuerpos y nada más. Hombres supuestamente misteriosos que hoy están aquí y mañana allí. Hombres guapísimos que las conquistan y luego se dedican a ligar con sus hermanas o sus mejores amigas en cuanto ellas se dan la vuelta. Esos hombres son muy atractivos por fuera, pero en realidad son irresponsables, inmaduros, vacíos... y no tienen nada que ofrecer.

–¡Vaya! –exclamó Nick–. ¿Cuántos hombres crees que hay por ahí que respondan a esa descripción?

Sara parpadeó, sorprendida.

–No lo sé exactamente. Pero está claro que no todos los hombres son así.

–Entonces, algunos son buenos chicos.

–Claro que sí.

–De modo que, en realidad, sólo son unos cuantos los que causan tal cantidad problemas.

–Yo no he dicho que causen tal cantidad de problemas...

–Sara, tú has escrito un libro sobre el tema. A ver, ¿cuál es el mayor problema que ves en esta situación?

–Las mujeres creen que pueden hacerlos cambiar, convertirlos en algo que no son.

–Porque los hombres son inflexibles.

–Algunos sí.

–Y las mujeres no.

–Bueno, algunas mujeres sí...

–Pero son inflexibles sobre ciertas cosas.

–Estamos hablando de los hombres, Nick. Hombres que no tienen intención de comprometerse, pero que vuelven locas a las mujeres.

–¿Porque a ellas les gusta el reto?

–Sí, exactamente.

–¿Y a ti no?

–¿Qué?

–¿No te gusta un hombre que represente un reto?

Los nervios de Sara aumentaron.

–No estamos hablando de mí.

–Claro que sí. Tú eres una mujer, ¿no?

–Sí, pero…

–¿Me estás diciendo que tú nunca te has enamorado de uno de esos hombres?

–No, claro que no.

–Ah, ya. Quizá nunca has tenido la oportunidad.

A pesar de que Sara sabía exactamente qué tipo de hombre era Nick Chandler, se sentía atraída por él como por ningún otro.

Pero tenía que concentrarse o la haría papilla.

–La base del problema es la reacción psicológica de las mujeres. Algunas se sienten excitadas cuando están con un hombre que es malo para ellas. Es como si buscaran el riesgo, el peligro. Se sienten físicamente atraídas por eso.

–¿Físicamente? No sé si te entiendo.

Era mentira. Nick Chandler la miraba fijamente, cada pestañeo, cada respiración. Y ella sabía por qué: porque era un seductor nato. Pero si lo sabía, ¿por qué conseguía ponerla tan nerviosa?

–Es una reacción física. Se sienten emocionadas, felices... hay un incremento de velocidad en los latidos del corazón. Y una respuesta acelerada de los neurotransmisores.

Nick arrugó el ceño, confuso.

–¿Eh?

–Y una dilatación de los capilares. Eso hace que la piel se enrojezca. Y existe, además, una estimulación de las glándulas sudoríparas...

Nick levantó la mano.

–Un momento, Sara. Me temo que me estoy perdiendo.

–Lo que intento decir es...

–Lo que intentas decir es que los chicos malos hacen que las chicas se pongan calientes, ¿no?

Aquellos ojos azules se clavaron en ella y, de repente, Sara sintió que su corazón se aceleraba, que su rostro se enrojecía y que las palmas de sus manos empezaban a sudar.

–Sólo digo que existe una reacción física a ese tipo de hombre. Una que es... difícil de ignorar.

Él le regaló una sonrisa de pecado que parecía decir: «¿Sí, verdad?».

–A los chicos buenos les gusta salir con chicas malas –siguió Sara–. Pero ellos saben que no pueden presentárselas a sus madres. Algunas mujeres, sin embargo, llegarán a extremos para cambiar a un hombre que nunca va a cambiar. Para los hombres, las chicas malas son sólo para pasar el rato. Para las mujeres, en cambio, un chico malo se convierte en un proyecto.

–Pero lo apruebes tú o no –intervino Nick– a las mujeres les gustan esos chicos malos. Dicen que no es verdad, que quieren hombres formales que saquen la basura sin que se les diga y que sean amables con sus madres, pero en realidad no es lo que quieren. Quieren un hombre que las emocione, que las intrigue. Un hombre que cambie cada día, que las haga sentir vivas. Lo que quieren es un hombre que sea un poco... peligroso.

Sara abrió la boca para decir algo, pero no le salió nada. Lo único que podía hacer era mirarlo. Era como si la parte de su cerebro que controlaba la capacidad de vocalizar se hubiera dormido.

–Vaya, mira esto –dijo Nick entonces, señalando la consola–. Todas las luces están encendidas. A ver qué dicen los oyentes –añadió, pulsando un botón–. ¿Con quién hablo?

–Soy Andy, de Alto Linda.

–Hola, Andy. ¿Qué tal?

–Aún no nos has hecho la descripción. Estamos esperando.

–Ah, es verdad, Andy. Gracias por recordármelo.

¿La descripción?

–Mis oyentes quieren saber cómo eres, Sara.

–No creo que eso tenga importancia...

–Para ellos sí, te lo aseguro. Muy bien, chicos, dejad que os cuente lo que estoy viendo: Sara Davenport mide alrededor de un metro sesenta y

ocho, tiene el pelo castaño, largo, y unos precio-
sos ojos verdes. Bueno, creo que son verdes. No
es fácil estar seguro por el reflejo de las gafas.

Ella apretó los labios.

—No te preocupes, Sara. No estoy criticándo-
te. Al contrario de lo que piensa mucha gente, a
los hombres también les gustan las chicas que
llevan gafas.

Sara se quedó helada. Estaba diciendo eso delante de... miles de personas.

—Y creo que debe de tener... ¿treinta y dos
años? No, me parece que no. Acaba de fulmi-
narme con la mirada. Con el doctorado y todo
eso pensé que serías mayor. ¿Veintiocho?

Sara se negó a decir nada. No quería que las
mujeres que escuchaban el programa creyesen
que le importaba lo que pensara aquel hombre.

—Bueno, entonces veintiocho. Quiero pensar
que tiene las piernas bonitas, pero no estoy seguro porque lleva pantalones. Y por arriba...
—Nick miró sus pechos con tal intensidad que
Sara tuvo que contener el deseo de cruzar los
brazos—. Desgraciadamente, hoy se ha dejado el
top escotado en casa y la camisa abrochada hasta el cuello me tapa la visión.

—¿Cuántos puntos le das? —preguntó Andy.
Nick suspiró.

—Me temo que no puedo darle más de seis.

—¿Cómo dices? —exclamó ella, atónita.

—Un momento, Sara. Deja que lo explique. Estoy seguro de que debajo de todo eso tiene que haber un diez, pero no puedo afirmarlo porque no lo veo. Si pudieras desabrochar unos cuantos botones, estaría dispuesto a reevaluarte.

Ella apretó los labios, indignada. ¿Con quién creía que estaba hablando, con una de las strippers a las que solía entrevistar?

—Pero en fin, da igual. Los números no son importantes, ¿verdad? Vamos a por otra llamada.

—Hola, soy Tawny, en Forest Heights.

—Hola, Tawny. Bienvenida al programa.

—Tengo una pregunta para Sara.

Por fin. Una mujer que quería hacerle una pregunta seria.

—¿Sí?

—Nunca he visto a Nick en persona. ¿Es tan guapo como en la fotografía que sale en Internet?

Sara miró a Nick, que tenía en los labios una sonrisa de suprema satisfacción. Pero ella pensaba borrársela de inmediato.

—Pues… no sé, quizá sea yo quien deba hacer una descripción ahora, ¿no? Nick Chandler es la clase de hombre que hace que a las mujeres se les acelere el corazón. Tiene una sonrisa que podría iluminar todo Nueva York en medio de un apagón y un cuerpo que podría compararse con el de un atleta. Y sospecho que más de una mujer se ha desmayado a su paso.

—Esta chica sabe de lo que habla —rió Nick, acercándose al micrófono.

–Espera un momento. No he terminado –dijo Sara entonces.

–Ah, perdón. ¿Te he interrumpido?

Ella volvió a inclinarse hacia el micrófono.

–Pero dado que la naturaleza le ha agraciado con todos los dones, sospecho que nunca ha desarrollado un talento de verdad porque no ha tenido que hacerlo. Por eso presenta un programa de radio que se basa exclusivamente en su atractivo físico y en su magnética, aunque poco interesante, personalidad. En cuanto se refiere a las mujeres, es un hombre lleno de promesas falsas. El tipo de hombre que no se preocuparía de si una mujer lo ha pasado bien en la cama porque no se puede ni imaginar que, después de estar con él cinco minutos, una mujer quiera protestar por nada. Y mientras tú estás ocupada pensando en el futuro, él se está preguntando cuántas cervezas quedan en la nevera. Así que, sin tener que pedirle que se quite la ropa, puedo decir que le doy un diez en atractivo físico y un cero por lo que hay debajo de ese atractivo.

Nick la miró, en silencio. Pero, para su sorpresa, su expresión seria se convirtió en una sonrisa.

–Bueno, puede que haya un poco de escarcha en las ventanillas de la doctora Davenport, pero parece que el horno que hay dentro está a cien. ¿Qué os parece, chicos? Si os gustan las mujeres fogosas, puede que ésta merezca la pena. Llamad para decir qué os parece.

Mientras las lucecitas se encendían, Sara se sentía como un volcán a punto de explotar. ¿Fogosa? ¿La había llamado fogosa?

–Oh, vaya, lo siento, chicos, pero Butch me acaba de decir que nos hemos quedado sin tiempo –Nick tomó el libro de la mesa–. El título del libro es *Buscando al chico malo,* de Sara Davenport. Compradlo porque os apetece o porque no os apetece, pero compradlo. Y enviadle un e-mail a Sara a… Saradavenport.com. No os vayáis. Volvemos en unos minutos.

Nick pulsó un botón y se quitó los cascos.

–Vaya, menuda paliza me has dado.

Sara no lo podía creer. Como si fuera culpa suya que la entrevista hubiera terminado así. ¿La había humillado y ahora se mostraba molesto por haber probado su propia medicina?

–Mira, Nick. Si esperas que me disculpe…

–¿Disculparte? No, de eso nada. Esto es lo que yo llamo un buen programa de radio –sonrió él–. No se lo cuentes a nadie, pero te juro que a veces es mejor que el sexo. ¿Y tú, Sara? ¿Te ha gustado a ti también? –le preguntó después, en voz baja.

–Lo único que quiero es irme de aquí cuanto antes. Me has hecho quedar como una tonta.

–No lo creo. Tú nunca podrías parecer tonta.

–Pero lo de los puntos…

–Bueno, tú me lo has devuelto, ¿no?

–No es para eso para lo que he venido…

–Oye, no te enfades.

–Demasiado tarde para eso.

–En fin, veo que hemos empezado con mal pie. ¿Qué tal si cenamos juntos esta noche?

–Lo dirás de broma…

–Yo nunca bromeo con la comida. Conozco un restaurante en la calle Campbell en el que hacen unas costillas por las que estaría dispuesto a vender mi alma.

–No, gracias.

–Vaya, hombre. Es la carne, ¿verdad? ¿No me digas que eres de esas mujeres que sólo comen ensaladas?

–¡No!

Él dejó escapar un suspiro de alivio.

–Menos mal. Nada peor que llevar a una vegetariana a un buen restaurante. Bueno, ¿entonces qué? ¿Cenamos juntos?

Aquello era increíble. ¿Cómo podía pensar que iba a cenar con él?

–Ya te he dicho que no estoy interesada. Y no entiendo por qué lo estás tú. ¿Por qué querrías salir con un «seis» cuando podrías mirar en tu agenda y encontrar un «diez»?

–Venga, Sara. Eso era una broma. A mis oyentes les encanta.

–Pues a mí no.

–Muy bien, olvidemos los números. Voy a decirte la verdad –Nick se acercó un poco más–. Cuando entraste aquí lo primero que pensé es que eras preciosa.

27

Por un momento, casi le pareció oír una nota de sinceridad en su voz. Casi.

–No, Nick. Yo voy a decirte la verdad. Tu opinión sobre mí no me interesa en absoluto. He venido aquí para promocionar un libro, no a soportar ese comportamiento adolescente. ¿Pero sabes una cosa? Es culpa mía. Sabía cómo eras y he dejado que mi publicista me convenciese. Pero te aseguro que no voy a cometer ese error otra vez.

–¡Nick! –lo llamó Butch–. ¡Quince segundos!

La sonrisa de Nick Chandler desapareció, reemplazada por un gesto de resignación.

–En fin, Sara. Lo que tú quieras.

–Muy bien –murmuró ella, levantándose.

–¿Sara?

–¿Qué?

–Si cambias de opinión, ya sabes dónde encontrarme.

Luego volvió a ponerse los cascos y siguió hablando con sus oyentes. Sara salió del estudio echando humo por las orejas.

«Ya sabes dónde encontrarme». Como si pensara ir a buscarlo.

Cuando salió al vestíbulo, Karen se levantó.

–¡Espera! ¿Adónde vas con tanta prisa? Yo quiero conocerlo…

–No, no quieres conocerlo. Te aseguro que no.

–¿Qué ha pasado?

–¿Qué ha pasado? ¿No has oído la entrevista?

–Claro que la he oído.

–¡Ha sido un desastre!

–¿Un desastre? Lo dirás de broma. Has estado estupenda.

–¿Estupenda? ¿De qué estás hablando?

–Él se ha portado como un imbécil, pero tú le has devuelto la pelota. Le has ganado en su propio terreno.

–No, lo único que he hecho es ponerme a su altura.

–Ya y mientras tú te ponías a su altura, han empezado a llegar e-mails. Ya ha llegado media docena.

–¿Qué?

Cuando llegaron al coche, Sara se colocó frente al volante y Karen abrió el ordenador.

–Escucha esto: «Acabo de oírte en el programa de Nick Chandler y tienes toda la razón. Alguien debería advertir a las mujeres sobre los hombres como él. ¡Buen trabajo!».

Sara parpadeó, sorprendida.

–Y aquí hay otro –siguió Karen–. «Me ha gustado mucho lo que has hecho, Sara. Si yo hubiese tenido valor para decirle esas cosas a los imbéciles con los que he salido no lo habría pasado tan mal».

–No me lo creo…

–¿Y qué tal este otro?: «Estuve en uno de tus seminarios y veo que tú eres de las que practica lo que enseña. No dejas que los hombres se rían de ti. ¡Bien hecho!».

Sara estaba atónita.

–¿Me han escuchado? ¿Hay mujeres que escuchan el programa y no son fans de Nick Chandler?

–No lo sé, a lo mejor te han escuchado y se han dado cuenta de que tenías razón. Pero el caso es que los e-mails siguen llegando. ¿No te dije que esto era lo que iba a pasar, mujer de poca fe?

–Sigo sin creerlo.

–Pues créelo, has llegado a tu público. Puede que hayas tenido que pasar un mal trago, pero lo has hecho. Parece que Nick Chandler es su peor enemigo y no lo sabe.

¿Su peor enemigo? Nick Chandler era su peor enemigo…

Cuanto más lo pensaba, más sentido tenía. Sí, podría estar bien.

–Karen, creo que tengo una idea para mi próximo libro.

–¿Ah, sí?

–Quizá ha llegado el momento de que el mundo sepa lo que hay dentro de la cabeza de hombres como Nick Chandler.

–¿Qué quieres decir?

–Escribí mi primer libro desde la perspectiva de las mujeres que se sienten atraídas por los chicos malos. ¿Y si escribiera el próximo desde la perspectiva de uno de esos chicos malos?

–¿Nick?

–Exactamente. Cuando las mujeres vean lo que

hay dentro de su cabeza, sus motivos… cuando sepan lo manipuladores y lo mentirosos que pueden llegar a ser para salirse con la suya, evitarán a ese tipo de hombre a toda costa.

Karen asintió con la cabeza.

–Suena prometedor. De hecho, podría ser una mina de oro. Pero ¿cómo vas a conseguir que Nick Chandler te cuente sus secretos?

–Tú misma lo has dicho: Nick es su peor enemigo. Él no ve nada malo en su comportamiento y con un ego como el suyo, hablar con él será pan comido –sonrió Sara–. Te lo aseguro, Karen. Si quiero saber algo sobre Nick Chandler, sólo tendré que preguntarle.

31

Capítulo Tres

Dos horas después, Nick sacaba su coche del aparcamiento de la emisora. Casi cincuenta centímetros de nieve habían caído en la ciudad... y seguía cayendo. Sus limpiaparabrisas no dejaban de moverse a toda velocidad, pero apenas podían contener aquella avalancha de copos.

Al detenerse en un semáforo se volvió para mirar el libro de Sara Davenport, tirado sobre el asiento. No sabía lo que se llevaba a casa. Había estado en la mesa durante el resto del programa, distrayéndolo de tal manera que había perdido el hilo de la conversación un par de veces. Por fin, lo guardó en un cajón, pero no dejaba de ver la cara de Sara.

Y ahora el libro lo estaba mirando de la misma manera acusadora que ella lo había mirado en el estudio. Para ser un objeto inanimado, se le daba muy bien generar sentimientos de culpa.

Nick dejó escapar un suspiro. «Chandler, has metido la pata».

En cuanto había visto las lucecitas encenderse

había respondido como hacía siempre, como un perro de Pavlov. Técnicamente, había hecho lo que debía: entretener a los oyentes, despertar atención creando controversia y vender el libro. Desgraciadamente, ella no había reaccionado como esperaba. Y, además, seguía molestándole que no hubiera aceptado su invitación. Él había sido muchas cosas en la vida de muchas mujeres, pero nunca había sido su enemigo.

Además, no le había mentido, Sara era una mujer preciosa.

Nick volvió a mirar el libro. Tendría que hacer algo para rectificar la situación, pero no sabía qué.

Unos minutos después, salía del coche con el libro en la mano. A través de la ventana del salón de su casa vio una cabeza asomando por el respaldo del sofá. Llegaba tarde para ver el partido. Nick abrió la puerta, se sacudió la nieve de las botas y saludó a Ted que, como siempre, estaba tirado delante del televisor.

–Hola, tío. Ya era hora. El partido está a punto de empezar.

–Voy a buscar una cerveza. ¿Quieres otra? –preguntó Nick, al ver que Ted ya tenía una en la mano.

–¿La respuesta a esa pregunta ha sido «no» alguna vez?

Ted y él se habían conocido en la KPAT, en Colorado Springs, su primera emisora de radio, en la que hacía de todo menos colocarse delante de un micrófono. Ted hacía un programa por las mañanas, con un DJ estupendo... pero que tenía serios problemas con el alcohol. Cuando lo despidieron, Ted convenció a los jefes para que le diesen a él el trabajo.

Habían sido un equipo estupendo durante años, pero al final los despidieron. Nick imaginaba que la bromita que le habían gastado al alcalde de Colorado Springs tenía algo que ver. Se separaron entonces y Ted se fue a Louisiana a probar suerte. Nick encontró trabajo en Dallas, luego en Chicago y, por fin, acabó en Boulder. Había aprendido la lección. Ya no gastaba bromas pesadas y se fue forjando una reputación como hombre de radio hasta que consiguió su propio programa. Ted iba de trabajo en trabajo y al final acabó en una emisora de segunda categoría en Tupelo.

Cuando le llamó tres meses antes para decirle que habían vuelto a despedirlo, Nick no se sorprendió. Le había ocurrido muchas veces porque se negaba a poner cierto tipo de música o a besarle el trasero a alguien. Pero esta vez, Nick notó cierta desesperación en la voz de su amigo, de modo que le consiguió una entrevista en la KZAP. Al principio se negó a hacer un programa de jardinería cuando llevaba años haciendo programas de rock, pero por fin tuvo que aceptar. Nick le ofreció su casa hasta que hubiera ahorrado dinero suficiente para alquilar un apartamento y allí estaban.

–He oído tu programa. Me ha encantado Amber, la campeona de baile erótico –dijo Ted, poniendo voz de chica–. Es como si tuvieras que convertirte en una con la barra, *sentir* la barra. *Amar* la barra.

–Oye, a cada uno lo suyo. Y lo suyo es deslizarse desnuda por una barra vertical delante de un montón de tíos borrachos.

Después del programa, Amber se había ofrecido a hacerle una sesión privada. Cuando Nick declinó la invitación, ella le dio su número de teléfono para que la llamase cuando quisiera. Y, considerando que Amber debía de ser un bombón, le sorprendía que el asunto no le hubiera interesado.

Entonces había aparecido Sara Davenport, con sus gafas y su camisa abrochada hasta el cuello. A pesar de todo, era guapísima y no tardó mucho en imaginarse a sí mismo quitándole las gafas muy despacio y…

–Pero lo mejor ha sido lo de la psicóloga –siguió Ted–. Te ha puesto verde, ¿eh? Ha estado genial.

–Sí, bueno, desgraciadamente ella no piensa lo mismo. Se ha ido de la emisora furiosa conmigo. He intentado invitarla a cenar, pero…

–¿No me digas que una mujer te ha dicho que no?

–No es la primera vez.

–Ya, pero es la primera vez desde que tenías doce años. ¿Ése es el libro?

–Sí.

Ted le echó un vistazo.

–Madre mía, ¿has visto cuántos títulos tiene esta mujer? ¿Desde cuánto te gustan las intelectuales?

No le gustaban. Al menos, no sabía que le gustasen.

–Es que no quería que se fuera enfadada. Eso es malo para el negocio.

–¿Y qué era al final, un seis o un diez?

Nick hizo una mueca. Había llevado eso demasiado lejos. Sara no era una modelo de *Penthouse* ni la propietaria de un camping nudista. Esas mujeres estaban acostumbradas a ese tipo de broma. Sara no.

–Ha sido una estupidez. Estoy pensando no hacerlo más.

–De eso nada –protestó Ted–. A la gente le encanta…

En ese momento sonó el teléfono. Nick, que tenía el mando de la televisión en la mano, lo soltó para contestar.

–¿Sí?

–Nick, soy Sara Davenport.

El corazón de Nick dio un salto. Lo último que habría esperado oír era la voz de Sara.

–¿Te pillo en mal momento?

–No, no, en absoluto… es que me he quedado sorprendido. No esperaba saber nada de ti.

–He llamado a la emisora para pedir el teléfono de tu casa. Espero que no te importe.

–No, claro que no. Espero que esto signifique que has reconsiderado mi oferta.

–No, no estoy llamando por eso. Pero hay algo de lo que me gustaría hablar contigo. Es una oferta profesional.

¿Una oferta profesional?

–¿Podemos vernos en mi consulta mañana, a las diez?

Nick repasó mentalmente lo que tenía que hacer al día siguiente. No, no tenía nada a esa hora. Y si tuviera algo, lo cancelaría.

–Muy bien, Sara. Si me das la dirección…

–Cavanaugh Court, 8442, despacho 214.

Nick lo anotó en la guía de la televisión, que estaba sobre la mesa.

–¿Podrías decirme de qué vamos a hablar?

–Prefiero contártelo mañana, si no te importa.

–Bueno, como quieras.

–Hasta mañana entonces.

Nick oyó el clic del teléfono y se quedó mirando el suyo, atónito.

–Qué raro.

–¿Quién era? –preguntó Ted.

–Sara Davenport. Quiere que nos veamos mañana en su consulta.

–En su consulta, ¿eh? ¿Por qué allí precisamente?

–No lo sé, dice que tiene que hacerme una oferta profesional.

–Sí, seguro –sonrió Ted–. ¿No tienen los psicólogos sofás en sus consultas? Pues yo diría que lo que busca es un rato de diversión.

–Ted, por favor… cuando salió de la emisora estaba enfadada conmigo. Y no creo que se le haya pasado.

–Seguro que puedes bajar las persianas de la consulta y tumbarla en el sofá en menos de diez minutos.

–¿Ted?

–¿Sí?

–De verdad tienes que buscarte una novia.

–No, imposible. ¿Qué mujer va a querer a un tipo sin dinero como yo? Dame una cerveza y déjame soñar.

Nick se quedó pensativo. ¿Para qué querría verlo Sara? Ella no era de las que tomaban chupitos de tequila hasta caerse al suelo. Y seguro que no sabía jugar al billar, ni había mostrado los pechos en el carnaval de Nueva Orleans, ni llevaba tanga, ni se había despertado un día en Cancún con resaca, preguntándose cómo había llegado hasta allí.

En lugar de eso se había dedicado a estudiar y a escribir libros.

No tenía ni idea de por qué quería verlo, pero hacía mucho tiempo que no estaba con una mujer que fuese un reto para él. La mayoría de las que conocía estaban esperándolo en el pasillo de la emisora o le metían su número de teléfono en el bolsillo o llamaban al programa haciéndole todo tipo de proposiciones. Intentó imaginar a Sara haciendo algo de eso y casi le dio la risa.

Nick intentó concentrarse en el partido, pero le resultaba imposible. ¿Una propuesta profesional? No sabía si Sara Davenport mezclaba el trabajo con el placer, pero desde luego pensaba averiguarlo.

Capítulo Cuatro

–¿Que va a venir Nick Chandler?

Heather, la secretaria de Sara, la miraba con expresión emocionada, otra prueba de que la fama de Nick era mayor de lo que había imaginado.

–Sí, Heather. Estará aquí en unos minutos.

–No me lo puedo creer. ¡Nick Chandler aquí! ¿Qué le pasa, está loco o algo así?

–Heather, en esta consulta no utilizamos la palabra «loco», ya lo sabes.

–Sí, bueno, quiero decir… Pero Nick Chandler no es paciente tuyo.

–No, claro que no. Es que tenemos que hablar de un asunto profesional.

En ese momento se abrió la puerta de la consulta y Nick Chandler apareció, en carne y hueso. Iba vestido casi como el día anterior, con unos vaqueros y un jersey, aunque de diferente color, y una pelliza de cuero. De repente, le parecía más alto, más grande. Y su corazón empezó a volverse un poco loco.

–Buenos días.

–Hola, Nick. Entra, por favor –lo saludó, intentando fingir naturalidad.

Heather, sin embargo, no parecía interesada en la naturalidad y lo miraba como una niña mira un enorme caramelo.

–Nick, te presento a mi secretaria, Heather.

–Encantado de conocerte.

–Mi novio escucha tu programa todos los días. Le encanta –dijo la joven.

–Heather, por favor, no me pases llamadas mientras hablo con el señor Chandler.

Nick le guiñó un ojo a la joven antes de entrar en la consulta y Sara pensó que la pobre iba a derretirse.

Una vez en el despacho, cerró la puerta y se sentó tras el escritorio, haciéndole un gesto para que se sentara en una de las sillas que había enfrente.

–Bueno, Sara… ¿o debería llamarte doctora Davenport? –sonrió Nick, quitándose la pelliza.

–No, Sara está bien.

Él miró alrededor con cara de admiración.

–Madre mía, qué de títulos. ¿Seguro que sólo tienes veintiocho años?

–Tengo treinta.

–Ah, por eso te molestó que dijera treinta y dos…

–Eso me da completamente igual.

–No te preocupes, tu secreto está a salvo conmigo.

–No es ningún secreto –replicó ella.

Nick carraspeó. Se sentía como un idiota.

–¿Podemos hablar?

–Sí, sí, claro. ¿Para qué querías verme?

–Como sabes, he escrito un libro y ahora estoy a punto de escribir otro.

–Ajá.

–Y estoy interesada en tu punto de vista.

–¿Mi punto de vista sobre qué?

–Verás, mi nuevo libro trata del mismo tema, pero visto desde la perspectiva de los hombres. Tú pareces tener una opinión muy clara sobre las relaciones entre los hombres y las mujeres y he pensado que podría utilizarla.

Nick se quedó en silencio. Pero su sonrisa había desaparecido.

–Tengo la impresión de que mis opiniones no son de tu agrado.

–Sí, bueno, pero para estudiar un tema tienes que contar con todos los puntos de vista.

–¿Aunque el mío sea el punto de vista equivocado?

–Tus palabras hablan por sí mismas.

–Yo no tendré ningún control sobre lo que publiques, ¿verdad?

–No puedo prometer que vaya a citarte literalmente. Pero si tus opiniones son firmes y esas opiniones son compartidas por tu audiencia, escriba yo lo que escriba no cambiará nada, ¿verdad?

Nick se quedó callado un momento.

–Muy bien, Sara. Si lo que quieres es que te dé mi opinión, de acuerdo.

–Ah, muy bien. Podemos quedar mañana para empezar…

–No, no quiero hacerlo aquí. No me gusta que haya un escritorio entre los dos.

–Si lo prefieres, puedes sentarte en el sofá.

Nick miró el sofá, recordando lo que Ted había dicho…

–Admito que ése es un paso en la dirección correcta, pero no.

–¿Y dónde sugieres que llevemos a cabo la entrevista?

–Mientras cenamos.

El corazón de Sara se aceleró.

–¿Cómo?

–Buena comida, buen vino… así será mucho más agradable, ¿no te parece?

Debería haber imaginado que aquello no iba a ser tan fácil, pensó Sara. Nada con aquel hombre iba a ser fácil.

–¿No te dije ayer que no estaba interesada en cenar contigo?

–Eso fue ayer.

–Pues no ha cambiado nada.

–Si eso te hace sentir mejor, piensa que es una cena de trabajo.

No. Tenía que ser firme con él.

–Lo siento, Nick. Las entrevistas que haga para el libro tendrán lugar aquí, en mi consulta.

–¿Ésa es tu última palabra?

–Sí.

–Entonces, no hay trato.

Nick se levantó de la silla, tomó la pelliza y se dirigió a la puerta.

–¡Espera! No sé por qué te estás poniendo tan difícil. Te he pedido que colabores conmigo para escribir un libro…

–No me estoy poniendo difícil. Sólo quiero cenar contigo.

–¿Por qué?

–¿Por qué? Pues verás, es un pequeño ritual que llevo a cabo con las mujeres. Se llama una cita.

–¡Dijiste que lo viera como una cena de trabajo!

–Bueno, tú puedes verlo como una cena de trabajo y yo como una cita –Nick se encogió de hombros.

–Entonces no tendremos el mismo propósito, ¿no te parece?

–¿No es tu objetivo descubrir cómo piensa un hombre como yo?

–Sí.

–Pues así es como piensa un hombre como yo. Y te aseguro que al final de la cena, sabrás exactamente lo que tengo en mente.

Sara tuvo que tragar saliva. Estaba bien claro a qué se refería.

–¿Puedo hacerte una pregunta?

–Sí.

–Parece que estás todo el día trabajando. ¿Cuándo fue la última vez que saliste a cenar con un hombre?

–No creo que eso sea asunto tuyo.

–En otras palabras, que tendrías que mirar la agenda del año pasado por lo menos.

–Mi vida personal no tiene nada que ver con esto.

–Oh, no. ¿Dos años?

–¡Claro que no!

Nick sacudió la cabeza.

–Trabajas demasiado.

–Mi carrera es muy importante para mí.

–Y la mía también, pero me gusta divertirme.

–Tu carrera sólo está basada en eso, me parece a mí.

–Entonces, soy un experto, ¿no? –sonrió Nick–. Sal conmigo y te enseñaré cómo se hace.

Por un momento, esa sonrisa estuvo a punto de hacerle bajar la guardia. Pero luego recordó que le había sonreído de la misma forma el día anterior, antes de humillarla delante de sus oyentes.

–Muy bien, Nick, iré a cenar contigo.

–Genial. ¿Qué tal mañana a las ocho?

–¿Dónde nos vemos?

–Iremos a Luigi's. ¿Has estado allí alguna vez?

–No.

–Es un sitio bonito, tranquilo. Estupendo para «hablar».

Hablar. Exactamente. Eso era lo que iban a hacer. Con él a un lado de la mesa y ella al otro. Y punto.

–Pero sigo sin entenderlo. Me parece que he

dejado muy claro lo que pienso de los hombres como tú. ¿Por qué quieres cenar conmigo?

–Porque me gustaría hacerte cambiar de opinión.

–No creo que puedas.

–Tú mejor que nadie deberías saber que no se puede subestimar a un hombre como yo, Sara.

Y después de decir eso salió de la consulta. Sara se quedó donde estaba, sintiendo el aura de energía sexual que había dejado tras él.

Señor, señor. ¿Por qué había dicho que sí?

Había conseguido lo que quería: una entrevista con Nick Chandler. Pero no la charla profesional que había imaginado sino una cena íntima en un restaurante italiano. Sabía que la estaba manipulando… ¿por qué le había dejado hacerlo?

Daba igual. Estarían en un sitio público. Y si se portaba como la mujer lista y profesional que era, no habría ningún problema. Y si no podía hacerlo, no debería escribir un libro dando consejos a las mujeres.

Pero la verdad era que Nick Chandler no estaba interesado en ella. Sencillamente, había herido su orgullo el día anterior y ésa era su manera de vengarse. Era el típico comportamiento del chico malo. Predecible como un reloj.

Y mientras recordase eso, no tendría ningún problema.

Capítulo Cinco

Al día siguiente, a mediodía, Nick se encontró sentado en un restaurante de moda, de ésos que él odiaba. En sitios como aquél la decoración era extraña, los camareros unos engreídos y el menú tan raro que uno no sabía lo que había pedido. Y pagar un dineral por el privilegio de no saber lo que comes era añadir insulto al agravio.

Pero aquel día no pagaba él. Ese honor era para su representante, Mitzi Grant, que lo había invitado a comer para hablarle de las negociaciones con Mercury Media. Mitzi tenía cuarenta y seis años y no debía de medir más de metro y medio, pero poseía una energía increíble y era una de las mejores representantes del país.

—Las cosas van sobre ruedas. Si todo sigue así, a final de año tu programa se escuchará en todo el país.

—Hablas como si ya estuviera firmado el contrato.

—Porque prácticamente es así. A la gente le gustas, Nick. Y empiezo a pensar que la cuestión no es cuándo firmamos el contrato sino cuánto dinero podemos sacarles.

Nick tuvo que sonreír. Aquello era algo que llevaba años deseando y no podía creer que estuviera a punto de ocurrir.

–¿Has leído el artículo de Raycine Clark? –sonrió su representante.

–No, ¿por qué?

Mitzi sacó un periódico del bolso.

–Lee esto.

Nick obedeció:

Ayer, en su programa de radio, Nick Chandler entrevistó a la última chica de oro: Sara Davenport, autora del libro Buscando al chico malo. La señorita Davenport enseña a las mujeres a evitar a hombres como Nick y su discusión hizo que saltaran chispas. Pero los opuestos se atraen y, conociendo a Nick Chandler, seguro que también saltaron chispas con los micrófonos apagados.

Nick dejó escapar un suspiro. No le gustaba nada que Raycine escribiera sobre él. Desgraciadamente, a la gente le encantaban esos cotilleos.

–¿Por qué dice eso? ¿Qué sabe ella?

–No te enfades. Es publicidad.

–He quedado a cenar con Sara, pero…

–¿Vas a cenar con ella?

Nick hizo una mueca al ver la mirada calculadora de su representante. Quizá debería haberse callado. Mitzi era como un buitre cuando veía en el horizonte alguna posibilidad de promoción y casi podía ver el signo del dólar en sus ojos.

—No es lo que crees. La entrevisté y ahora ella va a entrevistarme a mí para otro libro que está escribiendo.

—¿Ah, sí? Pero si ella enseña a las mujeres a alejarse de hombres como tú…

—Sí, pero dice que quiere conocer el punto de vista de los hombres.

—¿El punto de vista de los hombres en general o el tuyo en particular?

—El mío en particular, supongo.

—¿Y va a citarte, con nombre y apellido?

—No lo sé.

—Asegúrate de que lo hace y di barbaridades. Di cosas que no tenga más remedio que publicar.

—Mitzi…

—Habla de ello en tu programa esta tarde. Dile a tus oyentes que debes de haber impresionado a la psicóloga porque quiere citarte en su próximo libro. Eso les encantará. Y a Raycine Clark.

—No sé si quiero hablar de eso en mi programa.

—Nick, cariño. ¿Te encuentras mal? Cuando esa chica estuvo en tu programa recibisteis cientos de llamadas. Y ahora tienes la oportunidad de volver a utilizarla. Claro que tienes que hablar de ello.

—No, prefiero no hacerlo.

—¿Estás loco? Sara Davenport ha dado a entender que las mujeres se vuelven tan locas por ti que necesitan una psicóloga. ¿No quieres hablar de eso? ¿Tengo que recordarte lo que está en juego? A los de Mercury les encantará. Cuanto más te jactes de ello, mejor para ti.

—Pero no creo que sea bueno para Sara.

—¿Quieres despertar de una vez? Sara Davenport ha publicado un libro y cada vez que lo mencionas en tu programa es publicidad, cariño.

Mitzi tenía razón. Era buena publicidad para ella. Pero no estaba seguro de que Sara lo viera de esa forma.

—Por cierto, ¿cómo que es que esa chica te preocupa tanto? ¿No me digas que has caído en sus redes?

El corazón de Nick dio un salto.

—No, no es eso.

—Ah, menos mal. Porque no es tu tipo.

No, no era su tipo. Y ésa era precisamente la razón por la que no entendía que le interesase tanto. Todo en su consulta era como había esperado: un escritorio de cerezo, un sofá de piel, alfombras y estanterías caras... todo parecía decir «soy rica, tengo éxito y no lo he pasado bien desde que tenía dos años».

Y luego estaba la propia Sara, con una blusa de seda abrochada hasta el último botón, una falda por debajo de las rodillas, el pelo recogido en un moño y pendientes discretos, la viva imagen de la profesionalidad.

Si fuera paciente suyo, seguramente esa imagen de seriedad le daría confianza... pero él no era paciente suyo.

–Supongo que irás a la fiesta de la emisora el día de Año Nuevo ¿no? –le preguntó Mitzi.

–Sí, allí estaré.

–Yo también. Y también Dennis Rayburn y su equipo.

–¿Los de Mercury van a ir?

–Sí. Y te aconsejo que alquiles un esmoquin. Va a ser una fiesta por todo lo alto.

–¿No puedo ir con un simple traje de chaqueta?

–No, nada de traje de chaqueta. El esmoquin es el uniforme de los ricos y famosos.

Y ésa era una de las cosas que lo haría reconsiderar la idea de ser rico y famoso.

Mientras comían, Nick no dejaba de pensar en Sara. Le había mentido a Mitzi. La verdad era que le gustaba la psicóloga. Le gustaba mucho. No había contado con la posibilidad de cenar con ella, pero estaba decidido a ver lo lejos que podía llegar.

A las ocho menos veinte, Sara, después de colocarse la última horquilla en el pelo, entró en el salón, donde Karen estaba tomando una cerveza. Sara había buscado información del restaurante Luigi's y, por lo visto, era un sitio muy informal, de modo que se puso unos vaqueros y una sencilla camisa de algodón para no estar fuera de lugar.

–La verdad, estoy un poco nerviosa. Ver a Nick fuera de la consulta....

–En realidad, es mejor, ¿no? –sonrió Karen–. Estaréis en un sitio público. En tu consulta, cerraría la puerta y te tendría desnuda en el sofá sin que tú te dieras ni cuenta.

Sara se volvió para mirar a su amiga.

–Vaya, gracias por el voto de confianza.

–Venga ya. Lo que tienes que hacer es cenar, charlar y marcharte. No pasa nada. ¿Has oído su programa de hoy?

–No.

–Pues le ha contado a todo el mundo que va a cenar contigo.

–¿Qué?

–¿Quieres borrar esa expresión de terror de tu rostro? Nick está publicitando tu libro antes de que lo escribas. Y cuando salga a la venta, ya habrá gente esperando para comprarlo.

–¿Qué ha dicho exactamente?

–Que querías entrevistarlo para un libro porque has reconocido que, después de todo, es un experto en el punto de vista masculino. Luego mencionó que, aunque eras un poco conservadora, resultabas muy atractiva.

–¿Ha dicho eso?

–Sí. Y luego ha llamado un tío y ha dicho que

a él no le importaba que una mujer pareciese un boxeador mientras supiera cocinar y callarse durante los partidos de fútbol.

–Ah, qué encantador.

–Pero Nick le ha contestado que, evidentemente, no escuchaba su programa todos los días porque no entendía el orden de las cosas.

–¿Que es?

–Las mujeres primero, luego el deporte.

–Ah, menos mal.

–Salvo durante el campeonato del mundo de baloncesto, claro. Y durante el Masters de golf. Y durante la Copa América…

–¿Ése es el hombre con el que voy a cenar?

–Ése es el hombre al que vas a entrevistar –la corrigió Karen–. El hombre que está publicitando tu libro antes de que lo escribas. Aunque sus oyentes pensarán que va a darse un revolcón contigo, claro.

–Ah, qué manera tan bonita de expresarlo.

Karen soltó una risita.

–Pues yo creo que tienen razón. Si insiste tanto en que cenéis juntos es porque está muy interesado.

–Nick Chandler está interesado en cualquier mujer que se le ponga por delante.

–De todas maneras, yo que tú no me preocuparía. Las posibilidades de que sucumbas a los encantos de Nick Chandler… son menos que cero.

Justo en ese momento sonó el timbre. Sara se

acercó a la puerta, echó un vistazo por la mirilla... y se quedó helada.

–Oh, no. Está aquí.

–¿Quién?

–Nick Chandler.

–¿Qué?

–Que está ahí fuera.

–¿Y por qué no abres?

–¡Se supone que debíamos vernos en el restaurante!

–No querrás que se congele, el pobre. Hace un frío horrible ahí fuera.

Sara respiró profundamente antes de abrir la puerta. Nick estaba en el porche, con la pelliza cubierta de nieve, la nariz roja y una bolsa en la mano.

–¿Qué haces aquí? Habíamos quedado en el restaurante.

–¿Te importaría dejarme entrar? Hace un frío del demonio.

–No, claro, entra. ¿Qué ha pasado?

–Luigi me ha llamado para decir que algunos de mis oyentes estaban acampados en la puerta del restaurante, esperando que apareciésemos.

–¿Les has dicho dónde íbamos a cenar?

–No. Pero no es un secreto para nadie que mi restaurante favorito es Luigi's. Mira, he pensado que te gustaría la lasaña, así que he entrado en el restaurante por la puerta de atrás y...

–Podríamos haber ido a otro sitio.

–No. Le prometí a mi paladar una lasaña de Luigi's y a mi paladar no le gusta que le mienta –sonrió Nick.

–A Sara le encanta la lasaña –intervino Karen, levantándose del sofá–. Hola, no nos conocemos. Soy Karen Dawson, la publicista de Sara.

–¿Tú eres la que la llevó a mi programa?

–Eso es. Pensé que os entenderíais bien.

–Pues gracias. Vamos a cenar juntos, de modo que tenías razón.

–Esto no es una cita, es una reunión de trabajo –protestó Sara.

–No deja de decir eso, pero a mí cada vez me parece más una cita –dijo Nick.

–Bueno, en ese caso, lo mejor será que os deje solos. Que lo paséis bien.

–No te vayas –dijo Sara–. Seguro que Nick ha traído comida para tres.

–Sara, no me tientes. Ya sabes que estoy a dieta y una lasaña está fuera de la cuestión. Llámame mañana, ¿eh? Adiós, Nick Chandler. Encantada de conocerte.

–Lo mismo digo.

Nick sacó de la bolsa un contenedor de aluminio, un mantel de cuadros, una botella de vino y dos velas.

–¿Se puede saber qué es todo eso?

–Todo lo que necesitamos. ¿Qué es una cena italiana sin su mantel de cuadros, su vino y sus velitas?

–Nick, escúchame, esto no es una cita. Y es la última vez que lo digo.

–Gracias a Dios. ¿Dónde están las copas?

Aquel hombre era imposible.

Sara fue a la cocina para sacar las copas del armario. ¿Qué otra cosa podía hacer?

–¿Cerillas?

–No tengo.

–No mientas. Tienes más velas, de modo que debes de tener cerillas en alguna parte.

Suspirando, Sara abrió un cajón y sacó una caja de cerillas mientras él ponía la mesa. Pero cuando salió de la cocina lo encontró apagando una de las lámparas.

–¿Quieres dejar de hacer eso?

–¿Qué?

–Apagar las luces. Déjalas como estaban.

–Muy bien, como tú digas.

–Bueno, vamos a cenar de una vez.

–Oh, Sara… Esta comida no se puede tomar a toda prisa. Hay que saborearla.

Nick apartó su silla caballerosamente y luego se sentó a su lado. Tan cerca que sus rodillas se tocaban. Mientras él servía la lasaña, y a pesar de la incomodidad, Sara tuvo que admitir que el ambiente era muy agradable. Y la comida tenía un aspecto estupendo.

Igual que Nick.

La luz de las velas, junto con las luces del árbol de Navidad, lo hacía parecer aún más guapo. Mientras abría la botella de vino, Sara se dio cuenta de que estaba viviendo una escena que aparecía en sus sueños cuando menos lo esperaba: una cena en casa con buena comida, buen vino y un hombre atento y cariñoso...

«Un momento. Él no es ese hombre, por muy guapo que sea. No lleva buenas intenciones, no lo olvides».

—Come rápido —le dijo, tomando su tenedor—. Tenemos una entrevista pendiente.

Nick sirvió vino en su copa.

—Bebe despacio. Tenemos toda la noche.

Capítulo Seis

Durante la cena, Nick habló de todo tipo de cosas, desde programas de televisión a películas que había visto, gente que conocía… todo el tiempo intentando que la conversación fuera la que un hombre y una mujer tendrían durante una cita. Pero Sara se negaba. Seguramente estaba acostumbrado a que las mujeres lo mirasen con adoración mientras se tocaban coquetamente el pelo, pero ella no era una de ésas.

Después de cenar, Nick volvió a llenar las copas y las dejó sobre la mesita de café. Sara no tenía intención de seguir bebiendo y así se lo dijo, pero a él no pareció importarle.

—Me encuentro un poco incómodo aquí. Estoy en desventaja con una mujer tan inteligente. Podrías hacer que dijera todo tipo de barbaridades…

—Venga, Nick. No estás preocupado por eso. Tú dices lo que quieres decir, ni más ni menos.

—¿Tú crees? —sonrió él.

—Estoy segura. Bueno, vamos a empezar —suspiró Sara, sacando su cuaderno.

—Espera.

—¿Qué?

—Por cada pregunta que tú me hagas, yo puedo hacerte otra. Esas son las reglas.

—Eso no es parte del acuerdo.

—A partir de ahora, sí.

—Eso no es justo.

—Los chicos malos nunca son justos. ¿Es que no lo sabes?

Sí, lo sabía. Y por eso debería haber anticipado que Nick Chandler jugaría sucio.

—No tiene tanta importancia, Sara. Así podré conocerte un poco más. ¿Qué hay de malo en eso?

—Esto no tiene nada que ver conmigo.

—Pero a mí me interesa conocerte.

Muy bien. Sara sabía que si le decía que no, se marcharía. Además, ¿qué había de malo en contarle alguna cosa sobre su vida? Eso no iba a cambiar nada.

—Muy bien. Pregunta por pregunta.

—Las señoras primero.

—De acuerdo. Me gustaría saber algo sobre tu pasado, tus estudios…

—Durante el primer año en la universidad yo era el que más chupitos de tequila podía tomar en una hora.

Sara parpadeó.

—¿Y los cuatro años siguientes?

—¿Qué cuatro años?

Sara anotó: *No tiene estudios universitarios.*

–Ahora me toca a mí –dijo Nick–. ¿De qué color llevas las bragas?

–¿Cómo dices?

–Habíamos quedado en que tú harías una pregunta y yo haría otra, ¿no?

–No te estás tomando esto en serio.

–Al contrario, me tomo muy en serio la ropa interior de las mujeres.

Y Sara empezaba a pensar seriamente en darle una bofetada. En lugar de hacerlo anotó: *Usa comentarios sexuales para intimidar.*

–Azules.

–¿Puedo verificarlo?

–No. La segunda pregunta: ¿por qué sales con tantas mujeres cuando la mayoría de los hombres de tu edad ya han sentado la cabeza?

–Por la misma razón por la que me gusta un bufé más que pedir de la carta. Me encantan las mujeres, todas las mujeres. Son tan… guapas, huelen tan bien, saben tan bien…

Sara anotó: *Mantiene relaciones sexuales de forma indiscriminada.*

–Las relaciones entre adultos deberían estar basadas en algo más que en la atracción física.

–Quizá, pero está bien empezar por algo interesante, ¿no?

–Aparentemente, tú no necesitas nada más. A ti te gustan las mujeres como a otros hombres les gustan las pantallas de televisión gigantes. Para divertirte.

–Y por eso yo también les gusto a ellas. No veo el problema.

–Ése es el problema –suspiró Sara–. Otra pregunta. ¿Cuánto tiempo ha durado tu relación más larga?

–¿En días consecutivos?

–En fin, yo esperaba meses o años, pero…

–Digamos que soy un fan de los hoteles de lujo y de los fines de semana largos.

–¿No me digas? ¿Dos días? –Sara anotó algo en su cuaderno–. Eso para ti debe de ser un compromiso de por vida.

–El sarcasmo no te pega mucho, Sara.

–¿Por qué crees que estoy siendo sarcástica?

–Para ser una investigadora seria, eres un poco parcial.

–No he dicho que no lo fuera. ¿Por qué buscas relaciones tan vacías, Nick?

–No. Tú ya has hecho dos preguntas. Ahora me toca a mí. ¿Llevas el sujetador a juego?

Aquel hombre no tenía remedio.

–Sí –contestó Sara, exasperada–. Llevo la ropa interior a juego. Azul, de seda, con un lacito. ¿Quieres saber alguna cosa más?

–No. Me puedo hacer una idea.

–Tu preocupación por la ropa interior de las mujeres es un poco desconcertante.

–¿Ah, sí? ¿Por qué?

–¿Seguro que no… en fin, que no te gusta excesivamente la ropa interior femenina?

–Me gusta en las mujeres, no en mí –contestó él, haciendo una mueca.

–Has dicho que te interesaba mucho la ropa interior…

–¡Pero no en ese sentido!

–No es nada de lo que avergonzarse. Es un fetiche inofensivo…

–¿Un fetiche? Oye, Sara…

–A algunos hombres les gusta ponerse ropa interior femenina. En general, sólo les gusta tocarla, aunque a veces…

–¡Oye! ¡Yo sólo toco ropa interior femenina cuando una mujer la lleva puesta!

–Bueno, bueno, no te enfades. No he sido yo quien ha sacado el tema.

–¿Te importaría hacer la siguiente pregunta? Y déjate de fetiches y cosas raras.

Sara tuvo que disimular una risita.

–Creo que habíamos decidido que el contenido de la pregunta dependía de la persona que la hiciera.

–Sí, muy bien, pregunta.

–Gran parte de los malentendidos entre hombres y mujeres tiene que ver con las diferentes expectativas para el futuro. ¿Qué sueles decirle a una mujer al final de una cita?

–Pues… ¿gracias por los huevos con beicon?

Ella lo miró, incrédula.

–¿Te acuestas con todas las mujeres con las que sales?

–No, no.

–Ah, menos mal.

–A veces no nos acostamos. Lo hacemos en el coche o de pie en algún…

–Sí, bueno, ya entiendo –lo interrumpió Sara–. ¿Con cuántas mujeres te has acostado durante el último año?

–Me toca a mí hacer pregunta.

Ella dejó escapar un largo suspiro.

–No, quiero saberlo. ¿Con cinco, con cien?

–Digámoslo de esta manera: a partir de esta noche, con una menos de las que me gustaría.

–Quiero una respuesta con números.

–Lo siento. Ahora mismo me cuesta recordar a esas otras mujeres.

–Déjalo, Nick. Conmigo no te va a funcionar.

–¿Qué quieres decir?

–¿Por qué has insistido tanto en cenar conmigo? Los dos sabemos que no existe atracción entre…

–¿Ah, sí?

–Yo creo que intentas devolvérmela porque el otro día dije lo que dije en tu programa. Una mujer como yo no te interesa.

–¿Por qué no?

–No te interesa una mujer inteligente e independiente. Ésa es otra de las características de los hombres como tú. Os gustan las mujeres que se portan de forma sumisa, riéndoos las gracias, diciendo a todo que sí... disimulando a veces que son inteligentes.

–Pero te olvidas de la palabra más importante: mujeres. Da igual como sean.

–No llegarías a nada con una mujer inteligente.

–¿Cómo que no? Que sea inteligente y tenga montones de títulos universitarios me da igual, lo importante es que sea una mujer. Así pensamos los hombres, Sara. Estamos programados para eso. Nos interesa sólo un objetivo y, en cambio, las mujeres están más interesadas en lo que pueden encontrar por el camino. Tú deberías saber eso.

–Y lo sé. Pero eso no hace que tu comportamiento sea más aceptable.

–Muy bien, me toca a mí –dijo Nick entonces–. ¿Qué es lo que tanto te molesta, Sara?

–¿De qué estás hablando?

–¿Por qué escribes libros sobre chicos malos? ¿Te dejaron plantada el día del baile de graduación o qué?

–No, terminé mis estudios un año antes que los demás, así que no tuve baile de graduación.

–Ah, ya veo. Bueno, ¿y qué tal tu primer año en la universidad?

Ella se encogió de hombros.

–Normal, supongo.

–Normal sería ir de fiesta, beber demasiado, vomitar en los zapatos y preguntarte si eras tú la que bailaba desnuda en la fuente, frente a la oficina del decano.

–Eso será para ti. Hay gente que no hace esas cosas.

–¿Cuántos años tardaste en sacarte el título?

–Cuatro.

–Veamos… eso significa que debías de tener veinte cuando terminaste la carrera.

–Diecinueve. Terminé el instituto a los quince.

–Y durante ese tiempo, ¿cuándo dejaste de estudiar para pasarlo bien?

–Puede que esto te sorprenda, pero yo lo pasaba bien estudiando.

–Y supongo que trabajar también te gusta mucho.

–Pues sí.

–¿Te relajas alguna vez? En las vacaciones, por ejemplo.

–Claro. Mi madre va a venir a pasar las Navidades conmigo. Las dos solitas. Así que iremos de compras…

–¿Sólo tu madre, no tienes más parientes?

–Soy hija única. Tengo unos tíos en la Costa Este, pero nada más.

–O sea, que estás sola en el mundo.

–No estoy sola en el mundo, no seas bobo. Mi madre va a venir a pasar las Navidades conmigo, así que van a ser unas fiestas estupendas.

–Menos mal. Te imaginaba abriendo regalos con una mano y escribiendo tu libro con la otra.

–También disfruto de mi tiempo libre. Pero seguro que no me dedico a actividades que a ti te parezcan divertidas.

–¿Jugar al ajedrez, por ejemplo?

–¿Qué?

Nick señaló un antiguo tablero de ajedrez al otro lado del salón.

–Nunca había conocido a una mujer que tuviera uno de ésos.

–Era de imaginar –murmuró Sara–. Aunque hace un año que no tengo tiempo para jugar.

Nick se levantó entonces para tocar las piezas, que eran de peltre, un material muy antiguo y seguramente muy caro.

–Éstas se mueven hacia delante y éstas pueden moverse en todas direcciones, ¿no?

–Sí, algo así.

–¿Quieres que juguemos una partida? –preguntó él entonces.

–¿Sabes jugar al ajedrez?

–Creo que sí.

–Ya, bueno. Pero no estamos aquí para eso…

–Venga, Sara. ¿Te da miedo perder?

Ella dejó escapar un suspiro.

–Por favor… Saber cómo se mueven las piezas no te convierte en un ajedrecista. Igual que conducir un coche no te convierte automáticamente en un piloto de Fórmula 1.

–¿Tienes miedo? –insistió Nick, retándola.

–Muy bien, vamos a jugar –contestó Sara, levantándose–. Tú mueves las blancas, así que puedes empezar.

–Allá voy. Pero… ¿qué tal si hacemos que el juego sea más interesante?

–¿Qué quieres decir?

–Vamos a ver… ¿qué tal si cada vez que uno de los dos pierda una pieza tiene que quitarse una prenda de ropa?

–¿Cómo?

–Ya sabes, si yo te como el alfil, tienes que quitarte algo…

–No creo que lo digas en serio.

–¿Por qué no? Así será más divertido. Además, si no hacemos esto, ¿cómo voy a saber si dices la verdad sobre tu conjunto de ropa interior?

–Otra vez con el fetiche… No puedes dejar de pensar en ello, ¿eh?

–No pienso ponerme ropa interior femenina, pero me gustaría ver la tuya.

–Pues puedes esperar sentado.

–Ah, ya entiendo. De verdad temes que te gane. Estás un poco oxidada y crees que podrías perder…

–No, de eso nada. No pienso jugar a eso porque es cosa de niños.

–Tienes miedo.

Sara lo fulminó con la mirada… y luego tomó un sorbo de vino para darse valor.

–Muy bien, de acuerdo. Jugaré al strip-ajedrez… o como se llame.

Nick sonrió.

–Ya verás qué bien lo pasamos.

Ella levantó los ojos al cielo. Sí, quizá podría pasarlo bien.

Capítulo Siete

Nick movió un peón hacia delante y Sara contuvo el deseo de soltar una risita. Peón a F3 era la peor manera de empezar. Cuando movió su caballo a F6 y él replicó moviendo un peón a H4, empezó a preguntarse cómo sería el cuerpazo que estaba a punto de desvelar.

Unos minutos después, Sara capturó uno de sus peones con su caballo.

–Ah, no me había dado cuenta –murmuró Nick, apesadumbrado.

–Error de principiante. ¿Qué prenda quieres quitarte?

Él se quitó una bota.

Dos segundos después, Sara le comió otro peón.

–¿Otra bota?

Nick la tiró al otro lado del salón.

–Je, je, dentro de nada te quedarás en calzoncillos –rió Sara, tomando otro sorbo de vino.

–Mira qué graciosa.

–¿Dónde está tu famoso sentido del humor ahora?

Cinco minutos después, Nick tuvo que quitarse los calcetines y luego el jersey. No llevaba camiseta debajo. Y tenía un torso... menudo torso.

—Estás muy bien. ¿Vas al gimnasio?

Como respuesta, él lanzó una especie de gruñido.

Pero Sara estaba tan ocupada mirando aquel torso que no se dio cuenta de lo que hacía y, un segundo después, Nick Chandler le comió uno de sus peones.

—Muy bien, me quitaré un zapato.

Y después tuvo que quitarse otro. ¿Qué le pasaba? ¿Sería el vino? ¿Sería ese torso tan excitante?

Sara vio entonces que podía mover su rey hacia delante y, dos movimientos después, si él no se daba cuenta, podría hacerle jaque mate.

—¿Seguro que quieres hacer eso? —murmuró Nick cuando levantó la pieza.

—Pues claro... ¿por qué lo dices?

—¿Seguro? Muy bien, como quieras —sonrió él, moviendo su caballo.

—¡Un momento! ¿Qué acabas de hacer?

—Creo que está bastante claro. He movido mi caballo de C2 a D4 y te he comido un peón. Así puedo controlar mejor el centro del tablero. Pero también significa que tengo a tus dos peones en mis manos.

—¡Me has engañado!

—¿Yo? No, qué va, *tú* has querido creer que no sabía jugar.

—Pero me dijiste que no sabías…

—No, sólo te pregunté cómo se movían las piezas y tu caíste en la trampa.

—¿Y dónde aprendiste a jugar al ajedrez?

—Mi padre me enseñó. Era profesor de universidad, como mi madre. Aunque ahora están retirados.

—¿Qué?

—Eso es lo que hacen los intelectuales, ¿no? Jugar al ajedrez.

—¿Tus padres eran profesores de universidad?

—Sí. Qué sorpresa, ¿verdad?

—Bueno, da igual, el juego ha terminado.

—¿Por qué? ¿Porque estoy ganando? Eso no es justo.

—No pienso quitarme la ropa –le espetó Sara.

—Teníamos un acuerdo –sonrió él–. Y me debes una prenda.

Nick se levantó, en vaqueros y nada más, y se acercó a ella. Muy despacio. Sara estaba como hipnotizada. Primero desabrochó el primer botón de su camisa y luego otro… pero cuando iba a desabrochar un tercero, Sara sujetó sus manos.

—No.

—Pensé que eras una mujer de palabra.

—Esto es sólo un juego. Y ya es hora de parar.

—No, aún no hemos terminado. Mira, vamos

a hacer un trato. Dejaré que no te quites la camisa, pero tienes que darme algo a cambio.

Antes de que ella pudiera contestar, sintió que Nick empezaba a quitarle las horquillas del moño. Las horquillas iban cayendo sobre el tablero de ajedrez y el roce de sus manos en el cuello hacía que sintiera una especie de pellizco en el estómago…

–Así estás mucho mejor –murmuró Nick, acariciando su pelo.

–Oye…

–No digas nada.

La levantó entonces tomándola por la cintura y, apartando el pelo de su cara, se inclinó para besarla en el cuello. Mil terminaciones nerviosas despertaron a la vida. Diez mil. Un millón.

Aquello no podía pasar. ¿Por qué había aceptado aquel absurdo juego? ¿Por qué estaba dejándose besar por ese hombre?

–Me da la impresión de que tienes una zona erógena que aún no ha encontrado ningún hombre.

La expresión «zona erógena» hizo que Sara se pusiera a temblar.

–¿Cuál?

–Tu cerebro. Ya ti no te gusta nada. No te gusta salir con hombres que no saben cómo entrar en él, que apenas pueden entenderte físicamente y mucho menos mentalmente. Pero yo… –Nick volvió a besarla en el cuello–. Yo he entendido cómo funciona tu cerebro desde que nos conocimos y he estado acariciándolo desde entonces.

Era cierto. Cuando estaba con Nick Chandler, tenía la impresión de que no sabía qué iba a pasar. En el mundo organizado y predecible que se había construido para sí misma, cada uno de sus gestos, cada una de sus palabras, parecían enviar una inyección de adrenalina a su corazón.

Pero ella sabía que nada de eso era real. Era un juego. Todo era un juego para Nick.

—Esto no puede ser.

—¿Por qué no?

—Porque tú no eres la clase de hombre…

—¿No soy la clase de hombre que tú deberías desear? Sara, por favor, te mueres por un hombre como yo.

—No.

—Sí. Te mueres por un hombre que te haga sentir viva, que te haga sentir como si tú fueras la única mujer en la Tierra.

—Nick…

—Un hombre excitante e impredecible, que te frustre y te irrite, pero sólo porque te hace sentir cosas que no habías sentido nunca. Un hombre que te haga perder la cabeza. Deseas esas cosas tanto como deseas respirar y yo voy a dártelas —murmuró él, buscando sus labios mientras con una mano empezaba a desabrochar los últimos botones de su camisa. Luego empezó a acariciar sus pechos por encima del sujetador… y ella le dejó. Dejó que lo hiciera porque le gustaba sentir el roce de sus manos, tan grandes, tan masculinas… Cuando lo desabrochó, con toda facilidad, y empezó a acariciar abiertamente sus pechos con las dos manos, Sara tuvo que cerrar los ojos. Era lo más erótico que había vivido en toda su vida. Aquel hombre tan atractivo acariciando sus pechos mientras la miraba a los ojos, inclinándose para besarla mientras la apretaba fuertemente contra su entrepierna…

Sin pensar, Sara le devolvió el beso, un beso carnal, abierto. Así como estaba, apretada contra su torso desnudo, sintiendo el calor de sus brazos y de sus labios… se sentía como otra mujer. Como una de esas mujeres sobre las que había escrito en su libro.

De repente, se dio cuenta de lo que estaba haciendo. Y de *con quién* estaba haciéndolo.

–¿Qué haces?

–¿Cómo que qué hago?

–¡Aléjate de mí! –exclamó Sara.

Nerviosa, empezó a abrocharse la camisa, sin mirarlo.

–¿Qué pasa ahora?

–¡No puedo creer que haya caído en esta absurda trampa!

–¿De qué estás hablando?

–La cena, el vino, el ajedrez… lo tenías todo preparado, ¿verdad? Has dicho: «Esta chica que lo único que ha hecho en su vida es estudiar será pan comido para mí», ¿no? ¡Pues te equivocas!

—No te enfades, Sara. Sólo quería hacerte ver que también tú te sientes atraída por mí...

—¡No me siento atraída por ti!

—Venga, por favor. He venido aquí porque quería conocerte, ver adónde iban las cosas...

—Tú querías que fueran al dormitorio, pero eso no va a pasar.

—Sé lo que piensas de mí, Sara. Pero ¿no se te ha ocurrido pensar que podrías estar equivocada?

—Sé exactamente qué clase de hombre eres, Nick. Lo proclamas todos los días en tu programa de radio.

—Y yo sé quién eres tú. Una mujer que ha hecho carrera enseñándole a otras mujeres a resistirse ante hombres como yo. Pues deja que te diga una cosa, cariño, me parece que no se te da nada bien practicar lo que enseñas.

Sara tragó saliva, avergonzada. ¿Cómo podía haber dejado que aquel seductor de poca monta...?

Un minuto después oyó que se cerraba la puerta y se dejó caer sobre el sofá, llorando. Lo había subestimado por completo. Debería haber imaginado que un hombre como él sabría mil trucos, que sería capaz de convencer a una mujer para que hiciese todo lo que él quisiera...

Sara se incorporó entonces de un salto. No,

Nick Chandler no quería acostarse con ella, lo que quería era acostarse con ella para contárselo a sus oyentes.

Y en cuanto lo hiciera, su trabajo de tantos años, su profesionalidad, quedaría por los suelos.

Capítulo Ocho

Al día siguiente, Sara llamó a Karen para que fuese a su consulta. Quería contarle lo que había pasado y pedirle consejo. Si alguna vez lo había necesitado…

Karen apareció unos minutos antes de que empezase el programa de Nick y Sara le contó lo que había pasado la noche anterior. Los ojos de su amiga se iban abriendo hasta ponerse como platos cuando mencionó el strip-ajedrez.

–¿Qué? ¿Estás diciéndome que has jugado a eso con Nick Chandler?

–Por favor, no lo digas tan alto.

–Sara, ¿en qué estabas pensando?

–Y yo qué sé. No sé cómo pasó… habíamos tomado unas copas de vino y creí que no sabía jugar. Creí que sería él quien tendría que quitarse la ropa y…

–¿Quieres decir que Nick Chandler te ganó al ajedrez? ¿A ti?

–Bueno, no me ganó del todo. No llegamos tan lejos.

–¿Hasta dónde llegasteis exactamente?

Sara describió lo que había pasado y Karen la miró, horrorizada.

–Por favor, dime que estás de broma. Dime que no estabas medio desnuda en tu salón, dejándote besar por Nick Chandler.

–Pero si fuiste tú la que me dijo que debería aprovechar…

–Era una broma, Sara. No pensé que lo harías. Pensé que eras más lista… Perdona, no quería decir eso. Ah, espera. Creo que empieza el programa.

Sara apretó los labios. Estaba segura de que iba a contarlo, de que iba a humillarla delante de todos sus oyentes. El programa empezó como siempre, con sus bromas machistas y su supuesta conversación con una mujer que había mantenido relaciones con un extraterrestre. Y luego llegaron las llamadas. Como era de esperar, el primer oyente preguntó qué tal su cena con Sara Davenport.

Sara y Karen se miraron.

–Estuve en la puerta de Luigi's, pero no os vi aparecer –dijo David, de Broomfield.

–Pues claro. Todo el mundo sabe que es mi restaurante favorito, así que Sara y yo decidimos ir a otro sitio. Después de todo, cuando quieres seducir a una mujer, dos son compañía y veinte son multitud.

–¿Y adónde fuisteis?

–Venga, hombre. No puedo contarte todos mis secretos.

–¿Qué tal fue la entrevista? Cuéntanos algo.

–Regular. Muchas preguntas psicológicas.

–O sea, que te aburriste con ella.

–No, no del todo. Porque la vista era espectacular.

Sara abrió los ojos como platos.

–Entonces, ¿de verdad es un diez?

–Tuve que usar la imaginación porque seguía con la blusa abrochada hasta el cuello pero sí, yo diría que es un diez.

–¿Y qué pasó después de la entrevista? –insistió David, de Broomfield.

Nick se quedó callado un momento. Un momento durante el cual Sara creyó ver toda su vida pasando delante de sus ojos.

–Entre tú y yo, David, no me dejó que me acercase a ella.

Sara dejó escapar un gemido.

–¿Estás diciéndome que no te comiste una rosca?

–Eso es. Pero no porque no lo intentase. Hice todo lo que pude, pero me temo que esa señorita practica lo que enseña. Espero tener suerte algún día, no creas. Pienso seguir intentándolo –Nick dejó escapar un dramático suspiro–. Sara, si estás ahí, ya sabes dónde encontrarme.

Sara miró a Karen, las dos con idéntica expresión de incredulidad.

–No ha dicho nada.

–A lo mejor quiere acostarse contigo antes de

contárselo a todo el mundo. Yo que tú no me fiaría de ese hombre.

—No sé, Karen… quizá lo he subestimado. Quizá me equivoco con Nick.

—¿Qué quieres decir?

—No lo sé. La verdad es que resulta muy divertido…

—No, Sara, ni lo pienses siquiera.

—¿Qué?

—Quieres volver a verlo, ¿verdad?

—No, claro que no —contestó ella, apartando la mirada.

—Mírame a los ojos.

Sara se volvió entonces y Karen hizo una mueca.

—No, por favor. Nick Chandler es precisamente el tipo de seductor del que tú hablas en tus libros. No debes volver a verlo. Si te acuestas con él y el tipo empieza a hacer bromas en su programa… olvídate de vender un libro más.

—Sí, tienes razón.

—Esta vez se ha portado de forma caballerosa, pero no creas que volverá a hacerlo. No es ese tipo de hombre. ¿Has oído el programa? Sólo habla de tíos que se acuestan con tías… Es lo único que le interesa.

—Venga, Karen, que no soy tonta. No voy a volver a verlo. Por muy guapo que sea.

—Menos mal —suspiró su amiga—. Bueno, dime, ¿qué tal besaba?

—No tienes ni idea –musitó Sara.

«Ya sabes dónde encontrarme».

No podía dejar de pensar en esa frase. Pero no, le había dicho la verdad a Karen. No pensaba volver a verlo. Nick Chandler era un peligro para ella, por mucho que le costase reconocerlo.

Y aunque no hubiese contado en su programa lo que había pasado entre ellos… ¿por qué no lo habría contado?

Varios días después, Nick iba conduciendo bajo una tormenta de nieve hacia la casa de su productor. Había llegado el día para la madre de todas las fiestas: el sarao de Nochebuena de Butch, que no tenía nada que ver con la Navidad y sí con el alcohol y las malas mujeres.

Nick miró a Ted.

—Sabes que con esa cornamenta tienes una pinta absurda, ¿no?

—¿Absurda? ¿Por qué? Yo pensé que era un disfraz festivo.

—Me sorprende que no hayas comprado las que tenían lucecitas.

—¿Las había con lucecitas? Venga, llévame de vuelta a la tienda.

Nick puso los ojos en blanco.

—¿Por qué voy a esta fiesta todos los años? ¿Por qué no me voy a Colorado Springs en Nochebuena en lugar de esperar al día de Navidad?

—Porque las mujeres son mas divertidas que la familia.

—¿Ah, sí? ¿Qué clase de mujer va a una fiesta en casa de Butch?

—La que no tiene familia en la ciudad y quiere emborracharse y darse un revolcón... y no es nada exigente.

Nick dejó escapar un suspiro.

—Sí, esa clase de mujer.

—Venga, hombre. ¿Qué te pasa?

Nick no estaba seguro. Sólo sabía que no le apetecía ir a esa fiesta.

—Llevas unos días de un humor de perros. ¿Te importaría decirme por qué?

—No hay nada que decir.

—Sí, seguro —murmuró Ted.

Poco después llegaban a casa de Butch. Pero en la puerta había una rubia a la que Nick conocía bien.

—¿Qué hace Raycine aquí? ¿Por qué la habrá invitado Butch?

—A Raycine nadie tiene que invitarla. Es una profesional colándose en las fiestas.

—Hola, Nick —lo saludó ella, asomando la cabeza por la ventanilla.

—Hola.

—Bueno, ¿vas a contarme qué pasa con esa psicóloga?

—No hay nada que contar. Me ha entrevistado para un libro que está escribiendo. Nada más.

–Venga, ya. Puede que tus oyentes lo hayan creído, pero yo no.

–Pues no hay nada más que contar, lo siento.

–Si tú no me cuentas nada, tendré que inventármelo –rió la rubia.

Nick sabía que hablaba en serio. En lo que se refería a él, Raycine se había inventado varias aventuras con modelos, actrices porno… y hasta trillizas.

–Tengo la impresión de que hay algo entre Sara Davenport y tú.

–Si hubiera algo, lo habría contado en el programa.

–Quizá sí. Y quizá no. Pero te estoy vigilando, Chandler. Os vigilo a los dos –rió Raycine, antes de entrar en la casa.

Ted hizo una mueca de asco.

–Pensé que los reptiles dormían en invierno.

–No quiero que moleste a Sara. Te juro que si…

–¿Qué ibas a decir?

–Nada.

Ted lo miró, incrédulo.

–¿No me digas que Raycine tiene razón? ¿Te gusta esa chica?

–Sí, me gusta esa chica –suspiró Nick.

–Pero ella no quiere saber nada de ti.

–Mira, si te cuento lo que ha pasado no puede salir de aquí, ¿de acuerdo?

–Seré una tumba –le prometió su amigo.

Nick le contó una versión censurada de lo que

había pasado en casa de Sara y Ted asintió con la cabeza.

—Lo dirás de broma. ¿Te pusiste a jugar al strip-ajedrez con ella? ¿Por qué?

—Yo qué sé. Lo único que sé es que ella escribe libros sobre cómo librarse de hombres como yo… y yo acabé intentando desnudarla en el salón. Y ahora me odia.

—Oye, que no la obligaste a nada.

—Sí la obligué, en cierto modo. Sara no está acostumbrada a tratar con tíos como yo… y la hice sentir como una idiota. Pero me da igual lo que pasara. Sara no hizo nada malo… sólo lo hizo con un chico malo.

Ted sacudió la cabeza.

—Pensé que no llegaría el día…

—¿Qué?

—El día que te enamorases de verdad. Especial-mente de una mujer como Sara Davenport.

—No estoy enamorado.

—¿No?

—No, lo que pasa es que me siento fatal por lo que pasó. Eso es todo.

—Pues pídele disculpas.

Nick dejó escapar un suspiro.

—Seguramente me daría con la puerta en las na-rices.

—Pues entonces no puedes hacer nada. Venga, hombre, vamos a pasarlo bien.

Nick asintió con la cabeza. Pero no le apetecía

ir a la fiesta, no le apetecía hablar con nadie… más que con Sara.

Pero ¿qué excusa podía usar para ir a verla? Daba igual, iría a su casa sin ninguna excusa y haría lo que tenía que hacer: pedirle perdón por ser un cabestro.

–Ted, me voy.

–¿Qué?

–Me marcho. Tengo que hacer una cosa.

–¿Y vas a dejarme aquí, solo?

–Volveré enseguida, no te preocupes.

–¿Esto tiene algo que ver con Sara?

–Sí, me temo que sí.

–Bueno, de acuerdo. Pero será mejor que vuelvas enseguida o habrá disturbios entre las chicas –suspiró Ted, bajando del coche.

Nick empezó a darle vueltas a la cabeza, intentando encontrar algo que decirle, alguna justificación…

Por fin, decidió que lo mejor sería llamar por teléfono. Consiguió su número en información y llamó a su casa, escuchando la señal de llamada con la boca seca y el corazón latiendo a toda velocidad.

–¿Sí?

–Sara, soy Nick Chandler.

Al otro lado del hilo hubo un silencio.

–¿Qué quieres?

No parecía nada feliz de oír su voz. Pero, claro, tampoco él lo había esperado.

–Pues verás… había pensado que podríamos vernos. Me gustaría pedirte disculpas por lo que pasó…

–No hace falta que te disculpes –lo interrumpió ella.

Nick se dio cuenta entonces de que su voz sonaba estrangulada.

–¿Te ocurre algo?

–No.

–Es muy tarde… ¿ha llegado tu madre?

Otro silencio.

–No –contestó Sara por fin.

–¿Por qué?

–Eso no es asunto tuyo.

–¿Pero va todo bien? ¿Tienes algún problema?

–Sí, va todo bien –contestó Sara. Pero Nick se dio cuenta de que había estado llorando.

–¿Estás sola?

–Sí.

–Sara, dime qué te pasa.

–Tengo que colgar, lo siento…

Y lo hizo. Nick miró el teléfono, sin saber qué hacer. No, sabía qué debía hacer. Era Nochebuena y Sara estaba sola. Y llorando.

De modo que tiró el móvil sobre el asiento y se dirigió hacia su casa.

Capítulo Nueve

¿Por qué estaba llorando? Era tonta; como si fuera la primera vez que su madre le hacía algo así.

Sara sacó otro pañuelo de la caja y se sonó la nariz. Después, furiosa, se levantó para apagar las luces del árbol de Navidad y las velas. Era un gasto tonto.

Ojalá pudiera llamar a Karen, pero su amiga estaba pasando las Navidades en casa de su hermano, en Grand Junction, y no volvería hasta el día de Año Nuevo. Y lo último que deseaba era estropearle las vacaciones.

Entonces oyó un golpecito en la puerta. Se levantó de un salto para mirar por la mirilla y cuando vio a Nick se le puso el corazón en la garganta.

—Abre, Sara. Sé que estás ahí.

—¿Se puede saber qué quieres? —le espetó ella, abriendo de golpe.

—Dime qué te pasa.

—Nada. Márchate…

—No, sé que te pasa algo. Y no pienso irme hasta que me lo cuentes.

Sara se llevó una mano a la frente.

—No tiene nada que ver contigo...

—Lo sé, pero me ha parecido oírte llorar por teléfono y quiero saber si puedo hacer algo.

—¿Tú?

—¿Por qué no? Soy un ser humano —contestó Nick, encogiéndose de hombros.

Sara dejó escapar un suspiro.

—Es mi madre. Supuestamente, debería haber venido hoy para que cenásemos juntas y...

—¿Dónde está?

—En St. Louis.

—¿Por qué?

—Porque el asqueroso de su marido ha decidido que quería verla, así que ella se ha ido al aeropuerto para ver si encuentra billete.

—¿Se va de la ciudad en lugar de pasar la Nochebuena contigo?

—Eso parece.

—¿Cómo puede hacerte eso? Es tu madre.

—Pues se le da de maravilla hacerme estas cosas. Me las ha hecho siempre.

—¿Qué quieres decir?

—Que no fue a mi graduación en la universidad, por ejemplo, porque un tipo la había invitado a pasar el fin de semana en Cancún. ¿Eso te dice algo?

Nick la miró, sorprendido.

—¿Tu madre te hizo eso?

—Sí. Eso y cien cosas más —suspiró Sara—. Pero

cuando se divorció de su último marido pensé que las cosas cambiarían. Pensé que había visto la luz, pero...

–¿Y tu padre?

–¿Quieres saber la verdad? Ni siquiera sé con certeza quién es mi padre. Aunque hay varios candidatos.

Sara no podía creer que se lo hubiera contado precisamente a Nick Chandler y tuvo que apretar los dientes para contener un sollozo.

–No llores –murmuró él, apretando su mano.

–No te acerques.

–¿Por qué no?

–Porque ahora mismo no podría... ahora mismo no me siento muy fuerte.

–Eres la mujer más fuerte que conozco.

–Sí, seguro. Fui un parangón de fortaleza cuando estuviste aquí la otra noche.

Nick dejó escapar un suspiro.

–¿Podemos hablar de eso?

–No hace falta...

–Pero yo quiero decirte cuánto siento lo que pasó. De verdad. Te presioné para que hicieras algo que tu no querías hacer y ése no es mi estilo. ¿Jugar al ajedrez quitándonos la ropa? ¿En qué estaría yo pensando?

Sara parpadeó, sorprendida.

–No fue culpa tuya... del todo. Yo podría haberte dicho que no.

–Ya, pero no tendrías por qué haber pasado

por eso. Me comporté como un completo imbécil y por eso quiero pedirte disculpas. Espero que las aceptes.

—Pensé que lo contarías en tu programa.

—No tenía intención de hacerlo. Sabía que eso te haría mucho daño… y no soy un monstruo, Sara.

—Ya.

—Siento mucho que lo estés pasando mal, de verdad —murmuró Nick, acariciando su mano.

—No hagas eso.

—¿Por qué no?

—Porque podría enamorarme de ti. Y que lo admita debería dejarte bien claro lo mal que estoy.

—Sara…

—No, de verdad.

Nick miró alrededor.

—Sé que te sientes triste. Estás decepcionada porque habías puesto tu árbol de Navidad y todo lo demás y ahora, de repente, te encuentras sola.

—Estoy enfadada conmigo misma. No sé por qué creí que mi madre cumpliría su palabra. Nunca lo ha hecho.

—Todo el mundo quiere tener unas Navidades normales, con su familia… Pero no es culpa tuya que tu madre sea como es. Sólo tienes que aceptarlo y seguir adelante. Cuando lo hagas, no podrá volver a hacerte daño.

—¿Quieres dejar de ser tan perceptivo? —protestó Sara—. Me haces sentir como una aficionada. Se supone que yo soy la psicóloga.

–Sí, pero a veces las cosas se ven mejor desde fuera –sonrió él.

–Bueno, en fin, supongo que tendrás mejores cosas que hacer que quedarte aquí viéndome moquear.

–Tengo una fiesta…

–¿Una fiesta?

–En casa del productor de mi programa, Butch. Yo siempre hago de Santa Claus y las chicas se sientan en mis rodillas para pedir un deseo. Supongo que eso te sorprenderá.

–Sí, me he llevado una sorpresa tremenda –contestó Sara, irónica.

–Pero la verdad es que no me apetece ir. Otra vez las mismas caras, los mismos chupitos de tequila, las mismas borracheras… te lo juro, no me apetece nada.

Sara lo pensó un momento. Quizá iba a hacer una tontería, quizá sería el mayor error de su vida, pero…

–¿Por qué no te quedas a cenar conmigo?

Nick le regaló entonces una de esas sonrisas que quitaban el sentido.

–Me encantaría quedarme a cenar.

Capítulo Diez

Sara entró en la cocina para comprobar cómo iba el pavo mientras Nick se encargaba de volver a encender las velas y las luces del árbol de Navidad.

–Que conste que no soy la mejor cocinera del mundo. Espero que el pavo esté más o menos decente.

–Tiene una pinta estupenda –sonrió Nick, asomando la cabeza en la cocina–. Si no me hubieras invitado a cenar, ¿sabes lo que estaría comiendo?

–No.

–Cerveza con nachos. Aunque Butch añade aguacate a la salsa. Al fin y al cabo, es Navidad.

Para Sara, la comida no importaba en absoluto. Solo la compañía. Mientras cenaban, descubrió que era un placer estar con alguien que se ganaba la vida hablando porque no había incómodos silencios, como le pasaba con otros hombres.

Después de cenar, Nick la ayudó a lavar los platos y luego, con lo que quedaba de la botella de vino, volvieron al salón.

–Esto está bien –sonrió él, dejándose caer en el sofá.

–Sí, no está mal.

–Mejor que hacer de Santa Claus.

–Sí, seguro.

Nick la miró a los ojos durante largo rato.

–Ahora sé por qué escribiste ese libro.

–¿Qué?

–Tu madre.

Sara dejó su copa sobre la mesa, suspirando.

–Qué listo eres.

–No era difícil deducirlo.

–Digamos que sé de primera mano cómo algunas mujeres destrozan su vida por un hombre que no las merece.

–Con una infancia como ésa, supongo que ha debido de costarte mucho llegar donde has llegado.

–No estoy donde estoy a pesar de mi madre, sino por ella. Ella era el ejemplo que estaba decidida a no seguir.

–Aun así, supongo que no habrá sido fácil hacerlo todo sola.

–He tenido ayuda en el camino… buenos amigos, como Karen, mi publicista. Nos conocemos desde el instituto y siempre hemos sido inseparables. Y he tenido buenos profesores también, gente que me ha apoyado.

–Y ahora que tu vida profesional está solucionada, ¿qué piensas hacer?

–No te entiendo.

–¿Piensas casarte?

Al mismo tiempo que hacía la pregunta, Nick movió el brazo para colocarlo en el respaldo del sofá, detrás de su cabeza.

–¿Casarme? No lo sé. He visto a mi madre meter la pata demasiadas veces. Eso asustaría a cualquiera –Sara se quedó un momento en silencio–. Pero si me caso algún día será para siempre. Puede que eso suene muy anticuado, pero es lo que siento.

–Mis padres llevan casados treinta y cinco años, o sea que a veces funciona. Y así es como tiene que ser.

Dada su reputación, a Sara le extrañó que dijera eso. Claro que casi todo lo que estaba viendo de Nick Chandler aquella noche le resultaba sorprendente.

–¿De dónde eres?

–De Colorado Springs.

–¿Tus padres siguen viviendo allí?

–Sí. Y mi hermano y su mujer. Yo soy el único desertor.

–¿No piensas ir a verlos estas Navidades?

–Claro que sí, me voy mañana a primera hora. Estoy deseado verlos, aunque no sabes las broncas que me echan.

–¿Por qué?

–Dicen que tengo que buscar un trabajo de verdad… una mujer de verdad. Y niños, claro. Y una casa en las afueras, con jardín y piscina, como mi hermano.

–¿A qué se dedica tu hermano?

–Es inversor. A mis padres les encanta esa profesión, como te puedes imaginar.

–¿Has pensado alguna vez sentar la cabeza?

–No, me parece que todavía no ha llegado el momento. Antes quiero hacer muchas cosas.

–Pero tus padres siguen insistiendo.

–Siguen insistiendo –suspiró él–. Siempre ha sido así, desde que era pequeño: «Nick, no les metas arañas a las niñas por debajo de la blusa». «Nick, no te tires del tejado con una toalla anudada al cuello porque no vas a volar».

Sara soltó una carcajada.

–¿De verdad hacías eso?

–Por favor, tenía cinco años.

–O sea, que eres la oveja negra de la familia.

–No, qué va. Quizá una oveja gris… tirando a carbón.

Sara volvió a reír. De modo que se llevaba bien con su familia. Lo regañaban porque querían lo mejor para él, pero nada más.

–Cuanto mayor soy más trágica se pone mi madre. Pronto empezará con: «Por favor, Nick, antes de que yo muera…».

–Pobre mujer.

–Pobre manipuladora, querrás decir –rió él–.

Pero la entiendo. Yo era el más listo de la familia, ¿sabes?

–¿Ah, sí?

–Sí. Creo que mi madre pensó que había traído al mundo a un presidente de Estados Unidos o algo así…

–Pero tú tenías otros planes.

–Sí, siempre me ha encantado la radio. Es el trabajo que más me gusta hacer. Me pagan por hablar con la gente… Sé que a ti no te gusta el contenido del programa pero, lo creas o no, tengo bastante éxito.

–Lo sé. He visto las estadísticas. Tienes muchos oyentes.

–¿Te he contado que estamos a punto de conseguir que lo emitan en todo el país?

–Ah, eso es estupendo.

–Aún no está firmado el contrato, pero casi.

–Enhorabuena. ¿Se lo has contado a tus padres?

–Voy a contárselo mañana.

–Qué suerte –suspiró Sara–. Volver a tu casa, a la que casa en la que creciste, para reunirte con tu familia… sí, es una gran suerte.

–¿Qué planes tienes tú para mañana?

–¿Yo? Pues… la verdad es que no tengo planes.

–¿Por qué no vienes conmigo?

–¿Adónde?

–A casa de mis padres –contestó Nick.

–¿Qué?

–No tienes nada mejor que hacer, ¿no? Ven conmigo, lo pasaremos muy bien. Mi madre pensará que eres mi novia y se llevará el alegrón del siglo…

–Nick, yo no soy tu novia.

–Y no existe Santa Claus, ya lo sé, pero la Navidad es un momento perfecto para creer en ciertas cosas. Tú consigues una cena estupenda, mi familia estará encantada, nadie se meterá conmigo… todo el mundo contento.

–¿Lo dices en serio?

–Pues claro.

–Pero no puedo…

–¿Por qué no?

–No conozco a tu familia.

–Eso da igual. Además, en casa hay mucho sitio.

–¿Quieres que aparezca en tu casa el día de Navidad?

–En cuanto te vean, mis padres sacarán la alfombra roja. Se están haciendo mayores, Sara. No les niegues la esperanza de que su hijo pueda sentar la cabeza algún día.

–Pero no sé si deberíamos salir juntos. Si la gente empieza a creer que hay algo entre nosotros…

–Colorado Springs está a muchas millas de aquí. No tienes que preocuparte por eso.

–Pero si alguien nos viera juntos en el coche…

–¿Cómo van a saber quién eres?

–Bueno, no quiero presumir de famosa, pero

si alguien ha comprado mi libro… en la solapa está mi foto.

–No nos verá nadie, no te preocupes –sonrió Nick.

Sara no podía creerlo, pero estaba a punto de decir que sí. A Nick Chandler. Iba a pasar la Navidad con la familia de Nick Chandler. Karen se quedaría de piedra.

–Muy bien, de acuerdo.

–Ah, qué maravilla, por fin podré disfrutar de un día de Navidad sin que mi madre me mire con ojos de cordero degollado.

–¿Seguro que a tus padres no les importará?

–Seguro que no. Vendré a buscarte a las ocho de la mañana. ¿Te parece bien?

–Sí, claro. Pero no voy a mentirle a tu familia sobre lo de ser tu novia. Diremos que somos amigos.

–Dará igual lo que digamos. En cuanto te vean pensarán que eres mi novia. Nosotros sólo tendremos que seguirles la corriente…

–No creo que tú y yo pudiéramos pasar por novios.

–¿Por qué no? Usa la imaginación, Sara.

Ella dejó escapar un suspiro.

–Yo no tengo mucha imaginación.

–¿Por qué no?

–A ver si lo entiendes: mientras tú te tirabas del tejado con una toalla atada al cuello, yo no hacía más que preguntarme quiénes eran esos hombres que saltaban en la cama de mi madre.

Nick apretó los labios.

—Bueno, pues acabo de tener una idea. ¿Por qué no pruebas?

—¿Qué?

—Lo de la imaginación.

—No te entiendo.

Nick la tomó del brazo para colocarla bajo el dintel de la puerta.

—Aquí no hay nada, pero podrías imaginar que hay una rama de muérdago.

—Ah, ya veo —rió ella, intentando apartarse.

Pero Nick la tomó por la cintura, con una de esas sonrisas diabólicas. Iba a besarla. Y Sara iba a dejar que lo hiciera. Se estaba portando tan bien con ella que no podía negarse. No había nada sucio ni sórdido en aquella situación. No tenía nada que ver con lo que había pasado la otra noche.

De modo que asintió con la cabeza.

—Sí, veo una rama de muérdago.

Nick inclinó la cabeza entonces y buscó sus labios. Pero el beso no fue como el de la otra noche. No, fue un beso suave, tierno. Quizá un beso de Navidad.

—Y esta vez no pienso disculparme. El muérdago me ha obligado a hacerlo.

—¿La famosa magia de las Navidades?

—Eso debe de ser —murmuró él, mirándola a los ojos—. Bueno, será mejor que me vaya, ¿no crees?

Sara asintió con la cabeza mientras le daba su abrigo.

–Gracias por venir, Nick. Gracias por todo.

–De nada. Pero estaré aquí mañana a las ocho de la mañana.

–Y yo estaré esperando.

Cuando abrió la puerta, un golpe de viento le hizo cerrar los ojos. Nick salió corriendo hasta su coche, diciéndole adiós con la mano.

Sonriendo, Sara volvió a cerrar la puerta y se dejó caer en el sofá. Había sido una cena tan agradable, tan bonita... Aunque lo que había pasado esa noche no llevase a nada, y los dos sabían que sería así, por un momento quiso pensar que podría ser de otra manera.

Capítulo Once

Era una mañana de Navidad preciosa, con el sol reflejándose en las cumbres nevadas de las montañas y un aire tan fresco que parecía limpiar los pulmones. Nick iba relajado tras el volante de su cuatro por cuatro. Llevaba gafas de sol, una camiseta de un equipo de fútbol y los vaqueros más gastados que Sara había visto nunca.

Pensó entonces que era muy diferente a los hombres que ella conocía; hombres que se sentaban con las dos manos aferradas al volante y se tomaban las carreteras cubiertas de nieve con suma seriedad. Nick, por otro lado, siempre daba la impresión de controlarlo todo, de que nada era demasiado importante o demasiado serio. En la vida de Sara, donde *tantas* cosas habían sido importantes, estar en el mismo coche con aquel hombre la hacía sentir tranquila, absolutamente relajada.

Desgraciadamente, esa sensación desapareció en cuanto llegaron a los límites de Colorado Springs.

—Estás nerviosa —dijo Nick.

–Sí, un poco.

–No tienes por qué.

–¿Qué le has dicho a tu madre de mí?

–Que eres psicóloga y que juegas muy bien al ajedrez.

Sara levantó una ceja.

–¿Le has dicho qué clase de ajedrez?

–¿Qué? ¿Para que le diese un infarto?

Sara sonrió, mirando por la ventanilla.

–¿No viven en la ciudad?

–No, en las afueras –contestó él–. Cerca de aquí.

Nick tomó una carretera secundaria y cuando llegaron a la casa Sara se quedó boquiabierta.

–¡Menuda casa!

–Sí, no está mal.

–Pero… la mayoría de los profesores universitarios que yo conozco no ganan tanto dinero.

–Mi padre es profesor de economía y sabe un par de cosas sobre inversiones.

–¿Y tu madre?

–Enseña Literatura Medieval y no sabe nada sobre inversiones. Pero hace un pastel de nueces para chuparse los dedos.

Nick detuvo el coche y la puerta se abrió de inmediato, como si hubieran estado esperándolos. Una pareja de mediana edad se acercó a ellos, sonriendo de oreja a oreja. El parecido entre Nick y su padre era sorprendente: los mismos ojos azules, el mismo pelo oscuro… pero el de su padre empezaba a volverse blanco en las sienes y llevaba gafas. Su madre, por otro lado, era bajita, con el pelo castaño claro. Y parecía una profesora de literatura medieval.

Nick los abrazó cariñosamente, dejando que su madre le diera un millón de besos.

–Sara, te presento a mis padres: Richard y Anna.

–¡Sara! Nos alegramos mucho de que hayas venido –exclamó Anna–. Nick nos ha hablado de ti.

Cuando entraron en la casa, Sara comprobó que, aunque era grande, resultaba muy hogareña. La barandilla de la escalera estaba adornada con ramas de abeto y lazos rojos y en el salón había un árbol de Navidad que casi llegaba hasta el techo.

–He preparado tu antigua habitación para ella. Así tendrá su propio cuarto de baño. Acompáñala, hijo. Cuando bajéis, Brent y Lori ya habrán llegado y podremos comer algo.

–Gracias, mamá –sonrió Nick, tomando la bolsa de viaje–. Vamos, Sara.

La habitación en la que iba a dormir estaba decorada con el mismo estilo que el resto de la casa.

–Cortinas de flores y un edredón a juego –murmuró ella, riendo–. Supongo que tu madre habrá redecorado esta habitación desde que te fuiste de casa.

–Sí, había algo en las lámparas negras y en los pósters de bandas de rock duro que no pegaban

102

con su idea de lo que debe ser una habitación para invitados.

—Me gustan tus padres. Son muy agradables.

—¿Lo ves? Ya te dije que te encontrarías cómoda.

Justo entonces Sara oyó que llegaba otro coche. Cuando se acercó a la ventana, vio un Lexus oscuro en la puerta.

—¿Brent y Lori?

—Sí.

—Bonito coche.

—Brent no saldría de casa en uno más modesto. Venga, vamos abajo. Seguro que mi madre quiere darnos de comer.

—Pero si acabamos de desayunar…

—Eso no es óbice, cariño. Aquí hay que comer.

—¡Feliz Navidad! —la saludó Lori—. Tú debes de ser la amiga de Nick.

—Sara, te presento a mi hermano, Brent, y a mi cuñada, Lori.

—Anna nos llamó esta mañana para decirnos que venías.

—Y me alegro de haber venido —sonrió Sara—. Es una casa preciosa.

Lori tenía una expresión simpática. Brent… de Brent no estaba tan segura. La miraba como si fuera un insecto bajo un microscopio.

—Mi madre me ha dicho que tienes un doctorado en psicología.

—Así es. Tengo una consulta en Boulder.

–Ah, qué interesante. ¿Y dónde conociste a mi hermano?

–Pues…

–Tenemos una amiga común, Karen Dawson. Ella nos presentó.

–Pero sólo somos amigos –le advirtió Sara.

–Ah –murmuró Brent, con una expresión que decía claramente: «Ah, bueno. Por fin esto tiene sentido».

–En realidad, somos buenos amigos. *Muy* buenos amigos –dijo Nick entonces.

Debería haber imaginado que Nick haría algo así. Había prometido no decir que era su novia, pero encontraría cien maneras de dar a entender que lo era.

Cuando se quedaron solos en el pasillo, Sara tiró de la manga de su camisa.

–¿Qué?

–Me parece que a tu hermano no le he gustado.

–Oh, no. Le gustas mucho. Ése es el problema.

–¿Cómo?

–Le asusta verme con una mujer como tú.

–¿Una mujer como yo?

–Ya sabes, con el pelo sin teñir, las uñas sin pintar. Todo natural… –Nick miró su pecho descaradamente–. En fin, ya me entiendes. Y eso le vuelve loco.

–No lo entiendo.

–Él es el hermano serio, el que tiene más éxi-

104

to en la vida. Trayéndote aquí he trastocado el orden natural de las cosas. Es la clásica rivalidad entre hermanos, doctora Davenport.

—Brent se siente amenazado por ti.

—Sí.

—¿Por mí?

—Claro. Se supone que yo sólo salgo con rubias oxigenadas que no han leído un libro en su vida. ¿Qué va a hacer mi hermano si empiezo a salir en serio con alguien como tú? ¿Y si me llevaras por el camino de la normalidad y decidiera sentar la cabeza? ¿Y si, Dios no lo permita, decidiera casarme y tener hijos y ya no fuese la oveja negra?

—Pero nada de eso va a pasar.

Nick sonrió.

—No, pero mi hermano no lo sabe. Si además añadimos la posibilidad de que mi programa pueda emitirse en todo el país, se volverá loco. No tengo oportunidad de irritar a Brent muy a menudo, así que esto va a ser divertido.

Sara lo miró, asustada.

—Nick, no te atrevas a decir ninguna barbaridad.

—No te preocupes. Mi familia está acostumbrada.

—Me refiero a que no digas nada que me haga quedar mal a mí.

—Relájate —sonrió él.

Entraron en la cocina para echar una mano,

pero Anna los envió al comedor, diciendo que la mesa ya estaba puesta y lo demás era cosa suya.

–Bueno, Nick, parece que sigues con eso de la radio –sonrió Brent.

–Sí, claro. Y supongo que en el mundo de las finanzas todo va como la seda.

–Claro que sí. No creas a los pájaros de mal agüero. Las cosas van sobre ruedas.

–Brent acaba de conseguir otro ascenso –dijo Anna, orgullosa, mientras colocaba una bandeja sobre la mesa–. El segundo en dos años.

–Enhorabuena –lo felicitó Nick.

–He terminado el máster, por eso conseguí el ascenso. A los jefes les gusta tener a alguien bien preparado.

–Nick, tú deberías pensarte lo de volver a la universidad –intervino su padre.

–Sí, papá, lo sé. Pero tengo un trabajo que paga las facturas y creo que ir a clase sería un estorbo.

–Sí, sé que sería un poco inconveniente, pero una buena educación vale para todo en la vida, hijo.

–Tu padre cree que ahora que te vas haciendo mayor deberías sentar la cabeza –dijo Anna–. Y buscar un trabajo un poco más… estable.

–En realidad, los de Mercury Media están interesados en que mi programa se emita en todo el país. No se puede tener algo mucho más estable.

Todos se quedaron en silencio. Ni siquiera se oía el ruido de los tenedores.

Nada.

—¿Van a emitirlo en todo el país? Pero eso es estupendo —dijo su padre por fin.

—Sí, lo es.

—Entonces, tu programa es un éxito.

—Sí, papá. Es un éxito.

—Me alegro mucho, Nick —sonrió su madre—. ¿Eso significa que no vas a seguir entrevistando *a esas mujeres*?

—¿No me digas que todo el país va a escuchar *ese* tipo de programa? —preguntó Brent entonces.

—Si no hiciera ese tipo de programa los de Mercury Media habrían pasado de mí.

—Bueno, al menos ganarás dinero. ¿Ya habéis firmado el contrato?

—No, todavía no. Pero mi representante cree que está al caer.

—¿Tienes una representante?

—Sí, Brent, tengo una representante.

—En fin —suspiró su hermano—. Si vas a seguir siendo un crío toda la vida, por lo menos que te paguen bien.

Sara se dio cuenta de que Brent se sentía intimidado por su hermano. Pero Nick seguía sonriendo.

—Eso de seguir siendo un crío tiene sus ventajas, no creas.

—¿Por ejemplo?

–Todo el dinero y ninguna responsabilidad.

–¿Ah, sí? Sara, ¿a ti qué te parece eso de no querer responsabilidades?

Todos miraron a Sara y ella se quedó callada un momento.

–Pues… mi opinión no importa. Lo que Nick haga con su carrera es asunto suyo.

–Una mujer muy comprensiva. Una pena que sólo seáis amigos, ¿no?

–Ya te he dicho que somos *muy* buenos amigos, Brent –sonrió Nick.

Y luego, tranquilamente, se inclinó para darle un beso en los labios.

Ella se quedó tan sorprendida que no supo reaccionar. Pero cuando Nick se apartó, por el rabillo del ojo pudo ver la atónita expresión de Brent, la sonrisa de Lori y Anna… y a Richard Chandler con una ceja levantada.

–La comida tiene una pinta estupenda, mamá –dijo Nick, tan fresco–. ¿Alguien puede pasarme los huevos?

Capítulo Doce

Después de comer, Anna los empujó hacia el salón. Según ella, Sara era una invitada y no tenía por qué lavar platos. A Sara le pareció bien porque así tendría oportunidad de decirle a Nick cuatro cosas.

En cuanto se sentaron en el sofá, se volvió hacia él.

—¿Por qué me has besado?

—No lo sé. Me ha parecido lo mejor en ese momento.

—¡Los amigos no se besan!

—¿Te he abochornado?

—Sí.

—Ah, vaya. Bueno, si lo hago un par de veces más a lo mejor se te pasa el bochorno...

—¡Nick! Me estás utilizando porque quieres devolvérsela a tu hermano...

—No, espera un momento. ¿Crees que ésa es la única razón por la que te he besado? ¿Porque a mi hermano lo saca de quicio? ¿Porque mi hermano no puede soportar que esté con una mujer seria, responsable y guapísima que podría haber elegido a cualquier otro hombre? Pues te equivocas.

Sara parpadeó, confusa. Sólo él podía dar una respuesta que era a la vez una explicación y un cumplido.

–¿O quizá crees que usaría cualquier excusa para besar a esa mujer guapísima, seria y responsable?

–Déjalo ya, Nick –suspiró Sara–. No sigas diciéndome piropos.

–¿Por qué no?

–Por la misma razón por la que no quiero que me beses.

–¿Porque te gusta y no quieres admitirlo?

–No, porque es totalmente inapropiado delante de tu familia. Porque no soy tu novia, porque no va a haber nada entre nosotros, así que no vuelvas a besarme.

–No puedo prometértelo.

–Lo digo en serio, Nick.

Él dejó escapar un suspiro.

–Muy bien, muy bien. Prometo no volver a besarte.

–Gracias.

Antes de cenar intercambiaron los regalos y luego Nick sorprendió a Sara pidiéndole a su madre que sacara un antiguo álbum de fotos.

Como ver fotografías familiares no era una actividad que le gustase a la mayoría de los hombres, Sara se preguntó qué estaría tramando.

Mientras Anna abría el álbum, Nick, sentado a su lado, le pasó una mano por los hombros y empezó a acariciar su brazo.

—Mira, éste es mi hijo de pequeño. ¿A que era guapísimo?

Sara no podía concentrarse en nada que no fuera la mano de Nick acariciando su brazo, pero asintió con la cabeza.

—¿No hay más álbumes en el armario del pasillo, mamá?

—No, ya está bien —dijo su madre—. Si seguimos enseñándole fotos, Sara saldrá corriendo.

—No está aburrida. ¿A que no, Sara?

Ah, genial. ¿Qué podía decir a eso?

—No, claro que no.

Anna se levantó entonces.

—Richard, ven conmigo. No llego a la balda de arriba.

Mientras Richard y Anna desaparecían en el pasillo y Brent y Lori iban a la cocina para beber algo, Sara intentó apartarse de Nick, pero él la sujetó.

—No te muevas. Mi madre volverá enseguida.

—¿Se puede saber qué estás haciendo?

—¿Yo? Nada. No te he besado ni una sola vez. Yo diría que eso demuestra un admirable autocontrol por mi parte.

—¿Autocontrol? Lo dirás de broma.

—No, qué va, lo digo muy en serio. Además, si seguimos viendo álbumes, al final verás algunas fotografías mías en las que estoy desnudo.

—¿Qué?

—Bueno, entonces tenía seis meses, pero ya era muy guapo.

Anna y Richard volvieron enseguida con los álbumes y Sara puso cara de circunstancias.

—Aquí están. Disneylandia, 1984.

—Ah, ése fue un viaje largo. Hay muchísimas fotografías —sonrió Nick, travieso—. Y luego está el crucero por el Caribe en 1985. La excursión al parque Yellowstone en 1986…

Sara le dio una discreta patada y él, a cambio, tomó su mano y empezó a acariciarla tranquilamente.

«Sé sincera. Te encanta tener una excusa para tocarlo».

Mientras Anna hablaba sobre el viaje a Disneylandia, Sara apenas la escuchaba. Estaba demasiado ocupada sintiendo el calor de la mano de Nick. Cerrando los ojos, intentó grabar en su memoria esa sensación porque pronto llegaría el día siguiente y todo habría terminado.

A la hora de cenar, ocuparon los mismos sitios en la mesa y luego se reunieron alrededor de la televisión para cumplir con una tradición familiar: ver fútbol. O, más bien, todos estaban viendo el fútbol salvo Sara, que estaba mirando a Nick.

Cada vez que su equipo marcaba un gol se ponía a dar saltos de alegría y le sorprendió verlo tan animado, tan divertido, tan infantil. Tan diferente de los hombres serios con los que ella solía salir, que quizá también veían partidos de fútbol, pero que jamás se pondrían a dar saltos cuando su equipo metía un gol. Ella siempre había pensado que eso indicaba madurez, pero empezaba a darse cuenta de que Nick tenía algo que los otros no tenían: el deseo de dejarse llevar y pasarlo bien. Y nunca habría imaginado lo atractivo que eso podría ser.

Eran las doce de la noche antes de que Anna y Richard dijeran que se iban a la cama. Brent y Lori decidieron irse a dormir también. Nick y Sara se levantaron para darles las buenas noches.

–Pensé que no iban a irse nunca –suspiro Nick.

–Es tarde. Nosotros también deberíamos irnos a la cama…

–No, de eso nada. Llevo horas esperando quedarme a solas contigo –la interrumpió él, tomándola por la cintura.

–¿Qué haces?

–Prometí que no te besaría.

–Sí…

–Pero ya es más de medianoche, así que…

Nick inclinó la cabeza para buscar sus labios y la besó como si estuviera ventilando toda su frustración. El beso parecía no terminar nunca y Sara sintió que se le doblaban las rodillas, que se disolvía entre sus brazos.

–Ven a mi habitación…

–¿Qué?

–Mi habitación está abajo y todas las demás están arriba. Nadie se enterará.

—¡No puedo hacer eso!

—No quiero que este día termine, Sara. Quiero estar contigo…

—¿Qué estás diciendo?

—Sé que esto no puede ir a ningún sitio. Si la gente se enterase de que tenemos una relación, cualquier tipo de relación, tu credibilidad quedaría por los suelos, pero sólo por esta noche… deja que te haga el amor.

Sus palabras le excitaban y sorprendían al mismo tiempo.

—No —dijo por fin—. Estamos en casa de tus padres.

—¿Y si estuviéramos en otro sitio?

—Daría igual. No podemos hacerlo.

—Es nuestra última oportunidad. Cuando volvamos a Boulder no podremos vernos.

—Nick, por favor.

—Sara, te deseo. Y sé que tú me deseas a mí…

—Eso no tiene importancia.

—¿Entonces, no me equivoco?

Sara se dio la vuelta para subir a su habitación, pero Nick la tomó del brazo.

—Hasta que salga el sol mañana puedes cambiar de opinión. Mi habitación es la segunda puerta por la izquierda. Y te aseguro que estaré despierto. Saber que estamos en la misma casa me mantendrá despierto toda la noche.

—¿Para eso me has traído aquí? ¿Ése era el plan, Nick? —suspiró ella, decepcionada.

–¿Qué plan? Yo no tenía ningún plan. ¿Por qué no me tomas en serio?

–¿Es que no lo entiendes? Las cosas no se hacen así. Yo vine aquí creyendo que querías animarme porque estaba triste y ahora resulta que…

Sacudiendo la cabeza, Sara se dirigió a la escalera. Debería haberlo sabido. Debería haberle hecho caso a Karen.

Salieron de Colorado Springs al día siguiente y Nick jamás se había sentido más triste en toda su vida. Cada milla que pasaba era un minuto menos antes de decirle adiós. Y no podía soportar la idea de decirle adiós.

Pero no podía terminar de otra manera.

Sin embargo, cuando detuvo el coche frente a su casa, le resultaba imposible despedirse.

–No has dicho nada en todo el camino, Sara.

–Estaba pensando en lo que dijiste anoche…

–Sé que estás enfadada conmigo.

–No, no lo estoy.

–Lo siento, de verdad. Sé que para ti fue una especie de traición, pero yo… sólo quería que supieras cómo te deseaba. No es malo desear a alguien, Sara.

–Ya.

Nick bajó del coche y sacó su bolsa de viaje.

–Mira, sé que quedamos en separarnos cuando llegásemos a Boulder, pero…

–No, por favor, no lo digas.

–Pero…

–Si siguiéramos viéndonos y alguien se enterase sería un desastre para mí. No tendría credibilidad alguna. Y mi carrera es muy importante, es lo único que tengo. No puedo ponerla en peligro.

Nick asintió con la cabeza.

–Lo entiendo.

–Pero ha sido una Navidad maravillosa. Lo he pasado muy bien, de verdad. En fin, buena suerte con lo de tu programa.

–Y buena suerte con tu nuevo libro.

–Gracias.

–Voy a estar pendiente de ti –dijo Nick–. Sé que tendrás éxito en todo lo que te propongas.

–Tú también. Tendré que poner tu programa de vez en cuando para ver cómo te va.

–Hazme un favor. Lee entre líneas, ¿de acuerdo?

–Lo haré.

–Bueno –murmuró él, mirando alrededor–. Es mejor que nadie nos vea juntos, así que supongo que debo irme.

–Adiós, Nick.

–Adiós, Sara.

Se quedó esperando hasta que ella abrió la puerta antes de subir al coche. Sara lo miró entonces por última vez y luego desapareció.

Todo había terminado.

Nick cerró los ojos y apoyó la cabeza sobre el

volante. Tenía que irse. Sabía que eso era lo que tenía que hacer, pero… ¿por qué le resultaba tan difícil?

Sara entró en su casa, tiró la bolsa de viaje al suelo y se dejó caer en el sofá sin quitarse el abrigo siquiera.

Nunca había sentido aquello por un hombre. Nunca. La vuelta a casa había sido un infierno, sentada al lado de Nick y deseando apoyar la cabeza sobre su hombro, besarlo, decirle que también ella lo deseaba…

Racionalmente, sabía que había hecho lo que debía hacer. Nick era divertido y emocionante, pero era un inmaduro. Y en la vida había cosas más importantes que el sexo.

Sí. Las había.

¿Cuáles?

Una carrera seria, un objetivo profesional, una vida acorde con la edad de cada uno… sí, eso tenía que ser importante.

Pero por mucho que intentase convencerse a sí misma, no podía dejar de ver la cara de Nick, su sonrisa, sus ojos. Recordaba sus caricias cuando estaban en el sofá, el calor de su cuerpo. Lo recordaba hablando con su madre… No era el hombre que fingía ser en el programa de radio. O quizá sí. Pero también era un hombre cariñoso, comprensivo, atento.

Y, sobre todo, era un hombre que la hacía feliz, que la hacía sentir viva. Como ningún otro. Como ninguna otra persona que hubiera conocido nunca.

No podía dejarlo ir, pensó. Quizá aún no se habría ido…

Emocionada, se levantó de un salto y corrió para abrir la puerta.

Nick estaba en el porche.

–Sara, por favor, escúchame. No he podido irme. No puedo soportar la idea de no volver a verte… sé que dijimos que no volveríamos a vernos, pero no puedo…

Sara tiró de la manga de su cazadora para meterlo en casa y cerró la puerta.

–¿Qué…?

–Yo tampoco puedo dejarte ir –lo interrumpió ella.

–Pero…

Sara le echó los brazos al cuello y lo besó como había deseado hacerlo desde que salieron de Colorado Springs.

–No puedo dejarte ir, Nick.

Sin decir nada, lo tomó de la mano para llevarlo a su habitación y, una vez allí, empezaron a desabrochar botones con manos temblorosas, sin dejar de besarse. Nick la empujó suavemente hacia la pared y levantó su blusa. Luego desabrochó el sujetador, lo apartó a un lado y empezó a besar sus pechos. Perdida por completo, Sara apoyó la cabeza en la pared, enterrando los dedos en su pelo… cuando él cerró los labios sobre sus pezones y empezó a acariciarlos sabiamente con la lengua, pensó que iba a morirse de placer.

–Seguimos teniendo un problema –dijo Nick, respirando agitadamente.

–Lo sé.

–Y no sé cómo vamos a solucionarlo.

–Estás aquí. Eso es lo único que me importa en este momento.

Nick, apoyado sobre un codo, la tomó por la cintura con una mano y empezó a besarla en el cuello, haciéndole sentir escalofríos.

–Además, si lo piensas bien, las Navidades no han terminado –dijo Sara entonces.

–¿Cómo?

–No terminan hasta Año Nuevo.

Él deslizó una mano por su abdomen y la metió en sus braguitas.

–Lo cual quiere decir –Sara cerró los ojos– que seguimos estando en Navidad.

–Sí –murmuró Nick, deslizando los dedos dentro de ella–. No lo había pensado.

Sara no podía creer lo húmeda que estaba. No le había pasado nunca con otro hombre. Apenas podía respirar, apenas podía pensar cuando la tocaba de esa forma.

–He cerrado la consulta… ¿tú tienes que ir a trabajar?

–No, están emitiendo programas antiguos.

–¿Tienes algún otro plan?

–No.

Nick la tomó por la cintura para colocarla encima de él y se bajó los pantalones con una mano, mientras con la otra acariciaba descaradamente su trasero.

–Tengo que ir a una fiesta el día treinta... una de esas cosas que organiza la emisora para firmar autógrafos, ya sabes. Y luego tengo un gran fiestón en Nochevieja. Pero entre una cosa y otra, soy todo tuyo.

–Si nos quedamos en mi casa, nadie lo sabrá.

–Eso es.

–Pero luego se acabó. Luego tendrás que irte para siempre.

–Sí.

–Si alguien se enterase...

–No se enterarán. Te lo juro, Sara. Nadie se va a enterar.

Sara alargó la mano para sacar un preservativo del cajón de la mesilla. En unos segundos, Nick se lo había puesto y ella había tirado sus bragas al suelo, impaciente. Él se colocó entre sus piernas, mirándola, respirando agitadamente, sus ojos azules brillantes de pasión.

–Esto está mal, ¿verdad?

–Sí, pero no vamos a dejar que eso nos detenga.

–No, claro que no.

Nick la penetró entonces, despacio al principio, con más fuerza después… y ella sintió una oleada de placer que la dejó casi incapacitada. Enredó las piernas en su cintura y empujó hacia abajo para sentir la dureza de su miembro viril. Con un par de embestidas, estaba a punto de llegar al orgasmo. Sabía por qué… porque hacer el amor con Nick Chandler era diferente. Era su impaciencia, su obsesión por estar con ella, por tocarla de la forma más íntima… y la locura de todo eso. Nick empezó a moverse entonces como un poseso, tan rápido y tan fuerte que ella no podía seguirlo. Por fin, se agarró a sus hombros y se dejó llevar…

De repente, la tensión que había en su interior explotó, salvajes contracciones moviendo su cuerpo como una tormenta golpeando la quilla de un barco. Sara dijo su nombre…no, gritó su nombre, y unos segundos después, Nick dejó escapar un gemido ronco mientras se hundía en ella por última vez.

Sara apoyó la cabeza en su pecho, agotada.

–Ha sido increíble.

–¿Crees que los vecinos te habrán oído? –sonrió Nick.

–Están fuera de la ciudad, gracias a Dios.

–No sabía que fueras de las que gritan. Eso podría haber sido muy peligroso en casa de mis padres.

–Calla, por favor.

–No puedo, me encanta.

Sara sabía que lo decía en serio. Le encantaba. Le encantaba todo lo que fuera inusual, diferente, divertido, emocionante, excitante. Así era Nick Chandler. Y ella misma empezaba a acostumbrarse a todas esas cosas.

–Y eso que acabamos de empezar.

Aquello era un riesgo, una experiencia de la que podría no salir con su carrera y su corazón intactos. Pero no le importaba. Por una vez en su ordenada y disciplinada vida quería disfrutar del momento. Quería estar con Nick, reírse con él, hacer el amor con él, experimentar todas aquellas increíbles sensaciones que sólo aquel hombre parecía despertar.

Una semana. Sólo una semana.

Pero pensaba disfrutar al máximo.

Capítulo Trece

Mientras Nick iba a su casa para guardar algo de ropa en una bolsa, Sara fue al supermercado a comprar comida. Las posibilidades de que los reconocieran si iban juntos eran limitadas, pero no querían arriesgarse. Y como ninguno de los dos quería estar muy lejos de la cama, quedarse en casa de Sara era la solución perfecta.

Nick aparcó el coche en la parte trasera, por si algún ojo curioso se fijaba en el coche, y durante los días siguientes, por decisión mutua, no hablaron de lo poco aconsejable que era lo que estaban haciendo o de lo que iba a pasar después de Año Nuevo. De alguna forma, los dos sabían que si hablaban de ello el hechizo se rompería.

Pasaron largas horas delante de la chimenea. Se duchaban juntos hasta que se acababa el agua caliente, hacían la comida juntos, limpiaban juntos, veían películas y, sobre todo, hacían el amor. En habitaciones diferentes, a horas diferentes, en posturas completamente nuevas para Sara. Y hacían cosas que no se atrevería a contarle ni a su

amiga Karen. Cosas prohibidas, emocionantes…
lascivas.

Y hablaban. Durante horas. Sara descubrió que
Nick no dudaba en decir lo que pensaba sobre
cualquier tema. Y que su opinión era siempre interesante.

Afortunadamente, Karen estaba fuera de la ciudad y no volvería hasta Año Nuevo, de modo que
no tenía que dar explicaciones. Por su parte, Nick
había tenido que contarle a su amigo Ted dónde
estaba porque vivía en su casa, pero Ted había ju-
rado guardar silencio.

Dos días después de Navidad, la madre de Sara llamó para decir que iba a quedarse en St.
Louis hasta después de Año Nuevo. Sara sintió
ese peso en el corazón que sentía cada vez que
su madre cometía un nuevo error, pero hablar
con Nick de ello la ayudó a ponerlo en perspectiva.

Las únicas interrupciones eran las llamadas
que Nick recibía en su móvil para informarlo de
cómo iban las negociaciones con Mercury Media.

–Esta noche tengo que salir –le dijo un día, apoyado en el quicio de la puerta.

–¿Salir? –repitió Sara–. ¿Por qué?

–Tengo que ir a esa fiesta de la que te hablé.
Para firmar autógrafos.

–Ah, sí, es verdad. Y estás deseando ir, ¿no? –murmuró Sara, sin mirarlo.

–No, todo lo contrario –respondió él, abrazándola–. No me apetece nada, pero tengo que ir o la gente empezará a sospechar.

–Sí, ya me imagino.

–Pero no te preocupes. Me tomaré un par de cervezas y volveré enseguida.

–¿Seguro que no estás deseando marcharte para ver a otras mujeres?

–Te aseguro que no –rió Nick, buscando sus labios para darle un beso lleno de promesas.

Dos horas después, Nick salía de Charlie's con Ted, intentando recordar un tiempo en el que la música a todo volumen y el excesivo consumo de alcohol le habían parecido la mejor manera de pasar el rato.

–¿Cuántas chicas te han dado tu número de teléfono? –preguntó Ted.

Nick sacó un montón de servilletas del bolsillo de la cazadora y las puso en la mano de su amigo.

–Para ti.

–A ver… ésta se llama Abril. Es la rubita, ¿no? Y Danielle… ¿no era la que llevaba una alianza?

–Sí.

–Veo que no estás nada interesado. ¿Qué tal van las cosas con Sara?

–Imagínate la mujer con la que lo has pasado mejor en tu vida y multiplícalo por diez.

–¿Y va a ser sólo una semana? –preguntó su amigo, incrédulo–. ¿Estás seguro?

Nick intentó imaginar ese adiós. Era imposible. Aunque sabía que tendrían que despedirse, no podía imaginarse diciéndole adiós a Sara Davenport para siempre.

–Tiene que ser así. Sara no puede arriesgar su carrera.

–Y tú tampoco.

–¿Yo?

–Venga, hombre. ¿No has pensado lo que esto podría significar para ti?

–¿De qué estás hablando?

Se habían detenido frente al coche de Nick y Ted miró alrededor para comprobar que estaban solos.

–Imagina que tus fans se enterasen de que tienes una relación con una mujer seria, profesional y conservadora como Sara Davenport. Eso se cargaría tu reputación. A los tíos les gustas porque eres todo lo que ellos querrían ser, el tipo que se acuesta con una mujer diferente cada noche. Las mujeres, porque imaginan que podrían ser una de ellas.

–Y si voy en serio con Sara…

–Dejarías de ser el Nick Chandler al que conocen y adoran.

Nick no había pensado en eso. Quizá porque era imposible que entre Sara y él hubiese una relación seria.

–No pasa nada. Sólo estamos… pasando unos días juntos.

–El mundo está lleno de mujeres, pero una oferta para emitir tu programa en todo el país no aparece todos los días. No metas la pata, Nick, tienes que ver las cosas con perspectiva.

–No te preocupes, Ted. No voy a estropearlo.

–No te he visto nunca perder la cabeza por una mujer, no empieces a hacerlo ahora.

–Que no, tranquilo.

–¿Quieres acabar produciendo un programa de jardinería?

–¿Quieres callarte ya?

–Irás a la fiesta de la emisora en Año Nuevo, ¿no?

–Sí, claro. Mitzi me ha ordenado que vaya.

–Pues entonces nos veremos allí.

Nick subió a su coche, pensativo. Los dos sabían que aquello tenía que terminar, de modo que Sara no se sentiría engañada. Pero… no quería hacerle daño por nada del mundo.

Usando la llave que ella le había dado, abrió la puerta, sorprendido al ver que la casa estaba a oscuras.

–¿Sara?

Entonces la vio, sentada sobre una manta delante de la chimenea. No llevaba más que una de sus camisas y tenía las piernas dobladas. La luz de la chimenea iluminaba un lado de su cara, dejando el otro a oscuras y el pelo caía sobre sus hombros como una cascada. Estaba preciosa, intrigante, cautivadora.

Y la perspectiva se fue al infierno.

–¿Qué tal ha ido la fiesta?

–Nada especial.

–Ven aquí.

El sonido de su voz le excitó de inmediato. Nick se acercó a la manta y ella lo miró, sus ojos verdes brillando como el fuego.

–Quítate la ropa.

Capítulo Catorce

El corazón de Sara dio un vuelco al oír un golpecito en la puerta. Nerviosa, se levantó de la manta y se acercó para poner el ojo en la mirilla.

–Es Heather –dijo en voz baja.

–¿Tu secretaria? –preguntó Nick–. ¿Y qué hace aquí?

–No lo sé. Pero tengo que abrir… venga, escóndete en la habitación.

Mientras Sara iba a buscar su albornoz, Nick tomó la manta y la ropa que había tirada por el suelo y se metió en el dormitorio, refunfuñando.

Unos segundos después, Sara abría la puerta.

–Heather… ¿qué haces aquí?

–Lo siento mucho. No debería molestarte en tu casa, pero después de lo que ha pasado…

–¿Qué ha pasado?

–Bueno, ya sabes que rompí con Richard, ¿verdad?

–Sí. Afortunadamente.

–Pucs me ha llamado esta tarde.

–¿Y qué te ha dicho?

–Que me echaba de menos, que sentía mucho haberse portado tan mal conmigo y que quería que volviéramos.

–Heather…

–Luego me preguntó si podía ir a mi casa esta tarde y yo… le dije que sí. Pero no ha aparecido. Esperé una hora, dos horas y nada. Lo llamé al móvil, pero no daba señal, así que empecé a preocuparme. Ya sabes, pensé que podría haber tenido un accidente o algo así. Como hay tanta nieve…

–Heather, ¿qué ha pasado?

–Que fui a su apartamento, pero cuando llamé a la puerta me abrió una mujer.

–Oh, no.

–Y Richard estaba allí, con ella, mirándome como si no me hubiera llamado, como si yo no significase nada para él. Me di cuenta enseguida de que esa chica y él habían estado…

–Ya me lo imagino.

–Así que salí corriendo… y vine aquí. Lo siento, es que no sabía adónde ir –dijo su secretaria, con los ojos llenos de lágrimas–. Me sentía tan mal, tan sola…

–Me alegro de que hayas venido –la interrumpió Sara, tomando su mano para llevarla al sofá–. Pero tú sabías que Richard era un sinvergüenza, Heather…

–Pensé que había cambiado…

No había soluciones mágicas para problemas

como aquél. Estuvieron hablando durante una hora, pero sabía que, tarde o temprano, Heather volvería a caer en la trampa. Aunque Richard desapareciese de su vida, aparecería otro igual que Richard y el ciclo volvería a empezar otra vez.

A veces todo era tan inútil… A pesar de sus consejos, mujeres como Heather seguían cometiendo los mismos errores una y otra vez.

Y quizá no sólo Heather.

Nick, tumbado en la cama, escuchó parte de la conversación, pensativo. Y sólo salió del dormitorio cuando oyó que Heather y Sara se despedían.

–No he podido evitar escucharos... Desde el dormitorio se oye todo.

–No pasa nada.

–¿Cómo está?

–Un poco mejor. Pero… no sé cómo estoy yo.

–¿Por qué?

–Porque da igual lo que le digas a la gente. Hay personas que son incapaces de ver la realidad. Y eso es lo que le pasa a Heather.

–Además, ves a tu madre en chicas como ella, ¿no?

–Sí, claro. No puedo dejar de pensar que muchas chicas como ella acaban embarazadas de un indeseable y que ese niño tendrá que pagar las consecuencias. Como las pagué yo.

–No entiendo por qué las mujeres no mandan al infierno a tipos como ése.

–Porque son unos seductores, Nick. Y eligen muy bien a sus víctimas. Cuando son agradables, son muy agradables. Pero cuando algo no va como ellos quieren…

–¿Pero no es evidente desde el principio? ¿No deberían ver las mujeres que les están tomando el pelo?

–Tú lo dijiste el día que me entrevistaste en la emisora. A algunas mujeres les gustan los hombres peligrosos.

–Pero yo no quería decir peligrosos… en ese sentido. Me refería a hombres divertidos, que supieran pasarlo bien y…

Nick no terminó la frase. Por primera vez, entendía el punto de vista de Sara.

–Heather me contó una vez que Richard escucha tu programa.

–¿Crees que yo le digo a los hombres que traten así a las mujeres?

–No lo dices claramente, pero está implícito en tus palabras, en tus bromas, en tus entrevistas a hombres y mujeres de dudosa moralidad. Cuando entrevistas a un hombre que se jacta de haberse acostado con mil *tías*…

–Pero lo hago como broma –se defendió Nick–. No intento justificar lo que hacen.

–Pero el mensaje es el mismo. Le dices a tus oyentes que el sexo no es más que una diversión.

Que lo que cuenta es la cantidad, no la calidad. Las personas inteligentes entenderán que es todo una broma, pero no todo el mundo es inteligente. Y no todo el mundo tiene escrúpulos.

—Mi programa es puro entretenimiento, nada más. Si un tío trata mal a su novia es su problema, no el mío.

—No te estoy acusando de nada, Nick. Sólo digo que tienes más influencia de la que crees. Hay muchos chicos jóvenes que escuchan tu programa y, sin duda, querrían ser como tú.

Nick recordó entonces lo que Ted le había dicho: «A los tíos les gustas porque eres todo lo que ellos querrían ser, el tipo que se acuesta con una mujer diferente cada noche».

Llevaba años bromeando sobre el sexo y si llegaba a un acuerdo con Mercury Media lo haría a escala nacional. Claro que no todos sus oyentes eran como ese tal Richard. Pero ¿cuántos de ellos tomarían sus palabras al pie de la letra? ¿Y cuántos de ellos pensarían que así es como debe portarse un hombre?

¿Y por qué nunca antes se había parado a pensarlo?

Pero él vivía de eso y estaba a punto de alcanzar el éxito, se dijo a sí mismo.

—Sólo es un programa de radio. No voy a sentirme culpable porque algunos hombres maltraten a su pareja, yo no tengo nada que ver con eso. Además, no podría cambiar lo que hago aunque quisiera. Estoy a punto de firmar un contrato con Mercury Media y eso es precisamente lo que quieren que haga. ¿Tú sabes el dinero que estaría rechazando si dejase de ser Nick Chandler?

–Mucho, me imagino.

–Pero eso no significa que sea la clase de hombre que algunos de mis oyentes imaginan.

–¿No lo eres?

–¿Es así como me ves, Sara?

–Estamos teniendo una aventura de una semana, Nick. Eso no es precisamente inconsistente con tu reputación.

–Pero esto significa para mí más que…

–¿Más que qué? –lo interrumpió Sara.

Nick no estaba seguro. De repente, miraba su vida desde otro ángulo. Sara era diferente a las chicas con las que solía salir y, por primera vez, la idea de volver a casa cada día con la misma mujer le parecía… maravillosa. Tanto que odiaba tener que decirle adiós.

Pero ¿cómo iba a decirle eso?

–Me llevaré un disgusto cuando tengamos que despedirnos.

–Yo también –suspiró ella–. Mira, Nick, sé que no eres el seductor que tus oyentes creen que eres. Sé que eres un bromista y que no te tomas casi nada en serio, pero también sé que eres un hombre compasivo, amable, generoso. Y me gustaría que todo el mundo viera al hombre que veo yo.

Sara tenía razón. Se portaba como si tuviera

doble personalidad. Hubo un tiempo en el que se parecía más a lo que esperaban sus oyentes de lo que le gustaría admitir, pero eso había cambiado. Lentamente, sin que se diera cuenta, el hombre que era en antena se había convertido en un personaje. Cuando iba a una fiesta como la de aquella noche tomaba copas, bromeaba y reía como el Nick Chandler que todos esperaban que fuera, pero no se sentía conectado con nadie. Con Sara, en cambio, sí.

Pero en dos días tendrían que decirse adiós.

—Ojalá no hubiéramos empezado esta conversación. No tenemos mucho tiempo y no quiero que pasemos el poco que nos queda discutiendo.

Sara dejó escapar un suspiro.

—Lo sé. Yo tampoco. Pero no te preocupes, Nick. Éste es el hombre al que yo voy a recordar siempre —musitó, abrazándolo.

Pasaron juntos el día siguiente, pero Sara sentía como si hubiera un reloj en su interior. Un reloj que iba marcando cada minuto. Y cuando se sentaron a cenar, el ruido era ensordecedor. Y, aunque Nick intentaba disimular, lo vio mirando su reloj un par de veces durante la cena.

—Son más de las ocho. Creo que ya has esperado todo lo que podías —le dijo, intentando sonreír.

Él dejó escapar un suspiro.

–No sabes cómo siento tener que ir a esa fiesta. Pero si no lo hago, a mi agente le dará un infarto.

–Lo sé, no te preocupes. Venga, ve a ducharte mientras yo recojo todo esto.

–Yo tengo una idea mejor. Tengo que ducharme… pero no me gusta nada ducharme solo.

Sin pensarlo dos veces, Sara aceptó la invitación. Pero después, mientras se secaba el pelo con una toalla, Nick salió de la habitación…

–¡Pero bueno…!

–¿Qué tal estoy?

Ella lo miró, boquiabierta.

–Estás increíble. El esmoquin te queda de cine.

–Sí, es verdad –bromeó él–. Sírveme un martini, querida. Muy seco, por favor.

–Te aseguro que ningún James Bond ha estado nunca tan guapo como tú.

–Cuidado, Sara. Tantos cumplidos se me van a subir a la cabeza. Y cuando me hincho como un pavo me pongo insoportable.

–En realidad, eres sorprendentemente poco engreído para ser tan guapo. Una de las muchas cosas que me gustan de ti.

Nick la abrazó, sonriendo.

–Dime más cosas como ésa.

–Ahora no tenemos tiempo. Luego.

–No sabes cómo siento tener que irme. Lo último que me apetece es dejarte esta noche.

–Lo sé.

Nick apartó el pelo de su cara.

—No me lo puedo creer. Por primera vez, hay una mujer a la que estoy deseando besar a medianoche y ella va a estar al otro lado de la ciudad.

—A mí nunca me han dado un beso en Año Nuevo.

—¿Nunca?

—No.

—Entonces vamos a hacer una cosa. No veas la retransmisión de Nochevieja en televisión. Cuando vuelva a casa, fingiremos que es medianoche…

—¿Usando la imaginación?

—¿No lo hicimos con el muérdago? —rió él—. Volveré en cuanto pueda, te lo prometo.

—Te estaré esperando.

Nick se puso el abrigo, pero antes de salir Sara se inclinó para decirle al oído algo tan sexy, tan atrevido… algo que, con un poco de suerte, lo haría volver a casa lo antes posible.

Nick entró en el vestíbulo de mármol del hotel Brownleigh y, después de dejar su abrigo en el guardarropa, miró hacia el salón de baile, lleno de invitados. Había gente de la radio, famosos locales, anunciantes de la KZAP y gente de Mercury Media. Y Raycine Clark, que lo saludó con una de sus irritantes sonrisitas.

—¿Dónde has estado? —lo regañó Mitzi—. ¡Son casi las diez!

–Es una fiesta de fin de año, Mitzi. No acabará hasta la madrugada.

–Ya, bueno, pero no vuelvas a apagar el móvil en un momento tan crítico. ¿Cómo voy a ponerme en contacto contigo en caso de que haya algo urgente?

–Relájate, ¿quieres? Estoy aquí. Dime qué trasero tengo que besar y lo haré.

–Ah, por lo menos sabes lo que tienes que hacer –bromeó su representante–. Mira, el tipo que está a punto de hacer estallar su fajín es Rayburn, el jefazo de Mercury. A su derecha está su mujer. Morris, el número dos, está a su izquierda. Voy a presentártelos y quiero que les muestres el Nick Chandler que van a comprar.

–Muy bien.

–Asómbralos con esa deslumbrante personalidad tuya.

–De acuerdo.

–Quiero que brilles en la oscuridad, Nick. ¿Me entiendes?

–Te he entendido la primera vez.

–Y, por favor, sé un encanto con sus esposas. Seguro que tienen mucha influencia.

–Eso tampoco es un problema –Nick respiró profundamente–. Venga, vamos.

Sara se dejó caer en el sofá, mirando el reloj cada cinco minutos y sintiéndose más triste por momentos. Nick no volvería hasta la madrugada seguramente. Llegaría la medianoche y ella seguiría allí, en el sofá, sola.

Nunca habría podido imaginar que Nick Chandler tocaría su corazón de esa manera. Pero iba a empezar el nuevo año sin él. Nunca la habían besado a medianoche y esa imagen daba vueltas y vueltas en su cabeza hasta convertirse en una obsesión. Sería maravilloso empezar el nuevo año con Nick. Que Nick la besara hasta dejarla sin aliento y brindar luego…

Sería una noche perfecta. Absolutamente perfecta.

De repente se le ocurrió algo. Pero no, no podía hacerlo. ¿O sí? ¿Qué había de malo en hacer una llamada para comprobar si había alguna posibilidad?

Sara corrió a la cocina y sacó la guía telefónica de un cajón, pensando que quizá podría tener su beso de medianoche después de todo.

Capítulo Quince

Nick se pasó una hora haciendo el papel de Nick Chandler. Contó anécdotas picantes, habló de los planes que tenía para el programa, coqueteó con las esposas de los ejecutivos... discretamente, claro. Para que ellas lo encontrasen encantador sin que sus maridos se pusieran en guardia. Sí, conocía ese papel a la perfección. Llevaba años interpretándolo.

Después, Rayburn se excusó y le hizo un gesto a Morris para que lo siguiera. Suspirando, Nick fue a la barra para pedir una copa y Ted aprovechó para acercarse.

—¿Qué tal va todo?

—Por el momento, bien.

—Yo creo que parecen contentos.

—Esperemos.

—Bueno, ¿y cómo está Sara?

—No sé... bien, supongo.

—¿Mañana es el día?

—Sí, Ted, mañana es el día —suspiró Nick.

«Y gracias por recordármelo».

Un botones apareció entonces a su lado.

—¿Nick Chandler?

—Sí, soy yo.

El joven le ofreció un sobre.

—Me han pedido que le entregase esto.

—¿Qué es?

—No lo sé. Buenas noches, señor Chandler.

—Buenas noches.

Nick abrió el sobre, sorprendido. Dentro había una tarjeta magnética y una nota.

—¿Cuál de ellas quiere verte para un encuentro privado? —rió Ted, mirando alrededor.

Nick abrió la nota y leyó:

Si puedes escaparte de la fiesta, me encantaría recibir ese beso de medianoche. Habitación 617. Estaré esperando.

Era una nota de Sara. Estaba en el hotel…

—Es de Sara.

—Lo dirás de broma. ¿Sabías que iba a venir? —exclamó Ted.

—No, no tenía ni idea.

—¿Y qué vas a hacer?

—¿Qué harías tú? —sonrió Nick.

—No lo sé, a mí nunca me pasan esas cosas.

—No se lo cuentes a nadie. ¿Me oyes?

—Llevo años siendo una tumba —suspiró Ted—. ¿Por qué iba a dejar de serlo precisamente ahora?

Nick miró su reloj. Eran las once y media y llevaba más de una hora haciéndole la pelota a los de Mercury Media. Si se iba, seguramente nadie se daría cuenta…

–¡Nick! ¡Por fin te encuentro! –lo llamó Mitzi–. Acabo de ver a Rayburn y quiere hablar contigo.

–¿Para qué?

–No lo sé, pero parecía muy alegre. Y eso sólo puede ser una buena noticia.

Muy bien, tenía tiempo suficiente para hablar con Rayburn y subir a la habitación.

Sara estaba en la habitación 617, con una negligé negra casi transparente que había comprado por capricho unos meses antes… pero que nunca se había atrevido a ponerse. A Nick le iba a encantar.

Emocionada, apagó las luces y encendió la televisión para ver las celebraciones de Año Nuevo.

Había enviado una nota a Nick. Y ahora sólo tenía que esperar.

Sabía que no había garantías de que pudiera escaparse, pero no quería pensar en ello. Seguro que encontraría la forma de reunirse con ella. Cuando llegase la medianoche, estaría entre sus brazos otra vez.

Cuando Nick y Mitzi llegaron a la mesa de Rayburn y Morris, los dos hombres se levantaron.

–Morris y yo hemos tomado una decisión.

–Muy bien.

–Iré directo al grano, Chandler: nos gusta tu programa y hemos decidido probar con doce emisoras a partir del mes que viene. Si todo va como esperamos, pronto se emitirá en todo el país.

–Gracias, señor Rayburn –sonrió Nick.

–Cuéntale al público de este país lo que le cuentas a la gente de Boulder y llegarás a lo más alto, chico.

«Llegarás a lo más alto».

Esas palabras le hicieron sentir un escalofrío. De repente, Nick recordó los años que había pasado haciendo de DJ, trabajando como un loco, redactando entrevistas para otros, intentando mostrarse interesante para sus oyentes.

Y, por fin, había logrado el reconocimiento que esperaba.

Rayburn lo llevó al escenario para dar la noticia y lo que pasó a partir de entonces fue como un borrón. Mientras hablaba, se imaginaba a sí mismo comprando un Lexus, yendo a Colorado Springs y pasando a toda velocidad al lado de su hermano…

¿Qué estaba pensando? A la porra el Lexus, él siempre había querido un Jaguar. Sí, un Jaguar descapotable. Brent se pondría verde de envidia.

La gente de la emisora rodeó a Nick para felicitarlo calurosamente. Era casi medianoche y las botellas de champán iban de mano en mano…

Era casi medianoche.

Sara. Oh, no, Sara estaba esperándolo en la habitación. Nick miró su reloj. Faltaban dos minutos para la medianoche. No podría llegar a tiempo.

Pero iba a intentarlo.

Sin decir nada, salió corriendo hacia los ascensores y empezó a pulsar botones como un poseso.

–Vamos, vamos –murmuró, sacando la nota del bolsillo–. Habitación 617.

Intentó volver a guardar la nota en el bolsillo del esmoquin, pero estaba tan nervioso que se le cayó sin que se diera cuenta.

Y el ascensor no llegaba. Por fin, decidió subir por la escalera. Eran seis pisos, pero tenía que intentarlo.

Miles de personas se habían reunido en Times Square para celebrar el nuevo año. Y cuanto más se acercaba la medianoche, más gente aparecía.

Y más triste se ponía Sara.

La bola del reloj de Times Square empezó a bajar.

–Diez, nueve, ocho…

Había sido una estupidez ir al hotel. Nick debía de estar muy ocupado y…

Y, de repente, sonó un golpecito en la puerta. Sara se levantó de un salto para abrir.

–¡Nick!

–… cinco, cuatro, tres, dos…

–Sara…

–…uno. ¡Feliz Año Nuevo!

Nick la tomó entre sus brazos sin decir una palabra más y buscó sus labios con un ardor que le emocionó. Sí, Sara estaba empezando el nuevo año como había soñado, viviendo la clase de pasión que no había conocido hasta una semana antes.

–No puedo creer que haya llegado a tiempo.

–¿No te había dicho que quería mi beso de medianoche? –rió ella.

–Pero no esperaba que vinieses al hotel.

–Creía que no ibas a venir…

–Estaba hablando con Rayburn, el de Mercury Media. No he podido subir hasta ahora.

–Sé que esto es absurdo, pero quería estar contigo al empezar el año. Casi no nos queda tiempo y sólo quería…

Nick no la dejó terminar la frase. Volvió a besarla con todas sus fuerzas y…

Y fue entonces cuando oyeron el clic de una cámara.

Nick se dio la vuelta, atónito al ver a Raycine Clark en la puerta del ascensor, al lado de un fotógrafo.

–¡Raycine! ¿Qué diablos estás haciendo?

–¿Raycine Clark? –murmuró Sara.

–Eso es, cariño –rió ella–. Y creo que tú eres

Sara Davenport. Qué mona. Vaya, Nick, has conseguido un programa a nivel nacional y a la chica en la misma noche. Eres un genio.

—Sara, entra en la habitación —murmuró Nick.

Pero ella estaba paralizada y tuvo que empujarla suavemente. Luego cerró la puerta y se dirigió hacia Raycine con gesto amenazador. Cuando se acercaba, la columnista le dijo al fotógrafo que desapareciera.

—Estoy muy dolida contigo, Nick. Me has mentido. Me dijiste que no había nada entre Sara Davenport y tú…

—No publiques esa foto, Raycine. Te lo digo muy en serio.

—Mira, Nick, cada uno tiene su trabajo…

—¿Cómo has sabido que estaba aquí?

—Te vi salir corriendo del salón y te seguí. Y luego dejaste caer esto —contestó ella, mostrándole la nota.

—Destrozarás su carrera. Si publicas esa foto, nadie comprará su libro. Si tuvieras corazón…

—Venga, Chandler. Tú me conoces bien y sabes que no tengo corazón. Pero no te preocupes, lo que es malo para ella es bueno para ti. Te acabo de pillar siendo Nick Chandler, el ídolo de los hombres, el gran conquistador —Raycine entró en el ascensor y Nick se quedó donde estaba, sin saber qué hacer.

Cuando entró en la habitación, Sara estaba poniéndose unos vaqueros.

–¿Qué haces?

–Me voy.

–No, aún no. Tenemos que hablar...

–No hay nada que decir. He jugado con fuego y me he quemado. Es culpa mía.

–He intentado convencerla, Sara, pero no hay manera. Va a publicar esa foto.

–Ya me lo imagino.

–No sabes cuánto lo siento…

–¿Qué es lo que sientes, Nick? Esto no es culpa tuya, sino mía. He sido yo la que se ha comportado como una imbécil. Acabo de gastarme doscientos dólares para que me dieras un beso. ¿Es una estupidez o no?

–No, no lo es. Querías verme y te juro que yo quería verte a ti.

–Pero si estar en mi casa contigo era un riesgo, venir al hotel ha sido un suicidio profesional. Y ahora voy a tener que pagar por ello.

–Sara…

–Tengo que irme –lo interrumpió ella. Pero cuando iba a pasar a su lado, Nick la sujetó del brazo–. ¡Déjame!

–¡No! No quiero que te vayas así.

–Teníamos que despedirnos mañana de todas formas. Esto no iba a ningún sitio y los dos lo sabíamos.

Nick tragó saliva. Estaba desesperado, pero no sabía qué hacer.

–Tiene que haber alguna manera…

–¿Ah, sí? ¿No acaba de decir Raycine que has conseguido el contrato de Mercury Media?

–Sí, pero...

–Enhorabuena, Nick. Has conseguido lo que querías.

–No es lo único que quería.

–¿Te refieres a mí?

–¡Sí!

–Ahora vas a ser un locutor famoso. No podrás dejar de ser el Nick Chandler que conquista a una mujer nueva cada día y yo no puedo estar con ese Nick Chandler.

–¡Pero yo no soy ese hombre!

–¿Y qué vas a hacer? ¿Comprometerte con una mujer para siempre? Si lo haces, perderás tu empleo. Tu carrera consiste en ser el chico malo y la mía en evitar a chicos como tú. Claro que ya no tengo una carrera...

De nuevo, Sara se dirigió hacia la puerta.

–Por favor, no te vayas.

–Lo siento, pero tengo que hacerlo.

–¿Estás diciendo que esta noche no me abrirás la puerta de tu casa?

–Claro que sí. No podré evitarlo. Y por eso te ruego que no vayas. Te lo pido por favor.

Nick no podía creerlo. Todo había terminado.

–¿Sabes una cosa? Es muy extraño... a pesar de todas las advertencias, a pesar de saber dónde me estaba metiendo, a pesar de que sabía que sólo podíamos estar juntos una semana... –Sara apretó los labios, con los ojos llenos de lágrimas–. No he podido evitar enamorarme de ti.

Luego salió de la habitación y cerró la puerta. Nick se quedó donde estaba, atónito, oyendo cómo se alejaban sus pasos por el corredor. ¿Había dicho que estaba enamorada de él?

Se quedó como estaba, apoyado en la pared, durante largo rato, intentando entender. ¿No se daba cuenta de que aquello era una locura? Una mujer como Sara enamorada de un hombre como él… Sara Davenport podría tener al hombre que quisiera; un hombre serio, responsable, adulto… un hombre del que se sentiría orgullosa. No un idiota que tenía un programa para tontos en la radio.

Nick se dejó caer sobre la cama y enterró la cara entre las manos. No podía soportarlo. No podía soportar que Sara sufriera por haberse enamorado de él.

Porque también él estaba enamorado de Sara Davenport.

Epílogo

Por lo visto, el chico malo número uno de Boulder fue peor que malo en Nochevieja. Nick Chandler desapareció de la fiesta en el hotel Brownleigh para reunirse con su amante en la habitación 617...

¿Y quién es esa amante? Nada más y nada menos que Sara Davenport, autora del libro Buscando al chico malo. Parece que la famosa psicóloga ha caído en las garras de su peor enemigo. Y encantada de hacerlo, además.

Nick Chandler acaba de convertirse en el chico de oro de Mercury Media, que va a emitir su programa a nivel nacional, y dicen por ahí que van a pagarle una millonada. Y después de su aventura en el hotel Brownleigh, yo diría que Nick se merece cada céntimo.

O quizá deberíamos preguntarle a Sara Davenport.

Debajo de la columna estaba la foto que les habían hecho en la puerta de la habitación, besándose. Sara tiró el periódico sobre el sofá, tan humillada que casi no se atrevía a abrir los ojos.

¿Cómo podía haber hecho eso? ¿Cómo podía haber estado tan ciega?

Nick, al otro lado de la ciudad, intentaba ponerse en contacto con ella, pero no contestaba al teléfono. Llamó docenas de veces, pero saltaba el contestador. Tenía que verla, tenía que hablar con ella porque había tomado una decisión. La que debería haber tomado una semana antes. No sabía por qué había esperado tanto.

Nervioso, volvió a marcar el número de su casa y, por fin, escuchó su voz.

—¿Sara? Por fin te encuentro. Soy Nick.

—¿Qué quieres?

—Tengo que verte…

—No, habíamos dicho…

—Tengo que verte, Sara. Quiero que vengas a la emisora ahora mismo.

—¿Para qué?

—Quiero que escuches lo que tengo que decir.

Sara miró el teléfono, sorprendida. ¿Por qué querría Nick que fuese a la emisora? No se atrevía a soñar. No, no debía hacerse ilusiones…

—Sara, por favor. Te lo ruego. Ven a la emisora.

—Muy bien, de acuerdo.

Al fin y al cabo, su reputación estaba por los suelos. Ir a la emisora de Nick Chandler no podría hacerle más daño.

Llegó quince minutos después y Nick le pidió con un gesto que se pusiera los cascos. No la besó, no la abrazó siquiera. Parecía muy serio.

–Vaya, parece que hoy todo el mundo quiere hablar conmigo. No había visto tantas luces encendidas desde que tuvimos en el estudio a las trillizas que hacían porno –bromeó, frente al micrófono–. Y eso me dice que habéis leído la columna de Raycine Clark. Pues me parece muy bien, porque yo también quiero hablar de esa columna. Para empezar, lo que dice Raycine es cierto. Sara Davenport y yo estuvimos juntos en Nochevieja. De hecho, hemos estado juntos una semana entera… incluso la llevé a casa de mis padres el día de Navidad.

Sara lo miraba, atónita. ¿Qué estaba haciendo?

–Pero entre Sara y yo –siguió Nick– hay mucho más de lo que Raycine da a entender. Ahora mismo, algunos de vosotros me veis como un héroe, el chico malo que seduce a todas las mujeres y luego se jacta de ello en la radio. Sí, es posible que haya sido ese hombre durante muchos años… pero ya no lo soy. No tengo la menor intención de serlo.

Sara tragó saliva. ¿Podría ser? ¿Se harían realidad sus sueños?

–Sara Davenport no es una hipócrita, no está

viviendo una aventura con un chico malo a pesar de predicar lo contrario… Sencillamente se ha enamorado de mí. Y yo de ella. La quiero como no sabía que se podía querer a una mujer –siguió Nick, sin mirarla–. Y por eso voy a pedirle que se case conmigo. Ahora mismo, delante de todos vosotros. Porque mi vida sin ella ya no tiene sentido.

–¡Nick!

–De modo que tengo que elegir, o seguir con el programa o casarme con la mujer que está sentada a mi lado. Y ya he tomado una decisión. Ahora, si me perdonáis un momento…

Nick se quitó los cascos, agarró los brazos de la silla de Sara y tiró hacia él.

–Te quiero, Sara –murmuró, antes de besarla.

Y ella le devolvió el beso con todo su corazón.

No podía creerlo. Aquello tenía que ser un sueño

–¡Nick! –gritó Butch–. ¡Tienes que seguir hablando!

Él volvió a ponerse los cascos.

–Ah, una cosa más, tengo una mensaje para Raycine Clark. Raycine, sé que me estás escuchando y quiero darte las gracias. El día de Año Nuevo fue un momento memorable para Sara y para mí y, gracias a ti, vamos a tener una foto que nos lo recordará siempre.

Nick le guiñó un ojo. Si antes se había sentido enamorada de él, en aquel momento estaba…

¿cómo podría definir lo que sentía en aquel momento?

–Bueno, vamos a poner unos cuantos anuncios y luego… no sé qué va a pasar luego. Tengo a dos estrellas del porno esperando en el pasillo, pero me temo que es ahí donde van a quedarse.

Nick pulsó un botón y se quitó los cascos.

–Nick, tu programa…

–Me importa un bledo el programa.

–Pero iban a emitirlo en todo el país…

–Me da igual.

–Pero es lo que siempre habías querido.

–En el hotel te dije que no era lo único que quería, Sara. Puedo imaginar mi vida sin este programa, pero no me la puedo imaginar sin ti.

–¡Nick, la gente no deja de llamar! –gritó Butch entonces.

–Da igual, será para insultarme.

–¡No, qué va! Todo lo contrario. Tenemos más oyentes que nunca. La gente se ha vuelto loca. Quieren que les cuentes cómo te enamoraste de Sara.

Nick miró a su productor, atónito.

–¿Qué?

–Lo que oyes. Ponte al micrófono ahora mismo, chico. Y tú también, Sara. Quieren hablar contigo. ¡Tenemos un éxito entre las manos!

Sara y Nick se miraron. ¿Hablar los dos en la radio?

–¿A qué estáis esperando? ¡Las líneas van a estallar!

Dos horas después, Nick estaba hablando con Mitzi, su representante, por teléfono.

–Muy bien, de acuerdo, voy a preguntárselo a Sara –sonrió, antes de colgar.

–¿Qué pasa?

–Por lo visto, los de Mercury Media no se han echado atrás. Pero quieren que hagamos el programa juntos.

–¿Qué?

–Quieren que yo siga haciendo lo que he hecho siempre… y que tú me lleves la contraria. Por lo visto, es lo que están pidiendo los oyentes.

–Pero yo... no sé si podré hacerlo.

–Claro que puedes. Eres muy divertida, Sara. Yo seguiré siendo el chico malo… que ahora se ha reformado, y tú serás la psicóloga que intenta poner un poco de orden en el caos de esta emisora.

–¡Dios mío, podría ser estupendo!

–¡Claro que sí!

–Pero dejaste tu programa… por mí.

–Habría dejado cualquier cosa por ti, Sara.

–Espera un momento… no podemos hacer un programa de radio juntos.

–¿Por qué no?

–Porque yo tendría que fingir que somos una pareja de verdad, que vamos a casarnos… y ya sabes que no tengo imaginación.

Nick soltó una carcajada.

—No tendrás que usar la imaginación porque eso es exactamente lo que va a pasar, señorita Davenport.

—¿Vamos a casarnos? —sonrió Sara, echándole los brazos al cuello.

—Vamos a casarnos —dijo Nick entonces, muy serio—. Es mi mayor deseo.

La sinceridad que había en sus ojos emocionó a Sara. El hombre que nunca se tomaba nada en serio se había vuelto serio con ella. Entonces recordó el día de Nochebuena, cuando apareció en su casa para animarla, para hacerla sonreír cuando no podía dejar de llorar. Cuando le recordó que existía la magia de la Navidad y capturó su corazón al mismo tiempo.

Antes de que terminase esa noche, había conseguido que el día mas triste de su vida fuera el más alegre.

Y ahora, había vuelto a hacerlo.

Deseo™

Esposa por unos días

Patricia Kay

Hasta hacía muy poco tiempo, Felicity Farnsworth había estado planeando la boda de Reid Kelly con otra mujer… y ahora estaba pasando la luna de miel con él. Felicity se había quedado de piedra cuando el ex prometido de una de sus mejores amigas la había invitado a pasar una semana con él en las bellas playas de Cozumel, sin ningún tipo de compromiso. A pesar de todos los motivos por los que debería haber rechazado la invitación, Felicity se había subido a aquel avión porque hacía ya mucho tiempo que deseaba en secreto que sucediera algo parecido… y parecía que Reid también lo deseaba…

**Tenía un secreto que no podía confesarle…
deseaba que aquello durara más de una semana…**

Acepte 2 de nuestras mejores novelas de amor GRATIS

¡Y reciba un regalo sorpresa!

Oferta especial de tiempo limitado

Rellene el cupón y envíelo a

Harlequin Reader Service®
3010 Walden Ave.
P.O. Box 1867
Buffalo, N.Y. 14240-1867

¡Sí! Por favor, envíenme 2 novelas de amor de Harlequin (1 Bianca® y 1 Deseo®) gratis, más el regalo sorpresa. Luego remítanme 4 novelas nuevas todos los meses, las cuales recibiré mucho antes de que aparezcan en librerías, y factúrenme al bajo precio de $3,24 cada una, más $0,25 por envío e impuesto de ventas, si corresponde*. Este es el precio total, y es un ahorro de casi un 20% sobre el precio de portada. ¡Una oferta excelente! Entiendo que el hecho de aceptar estos libros y el regalo no me obliga en forma alguna a la compra de libros adicionales. Y también que puedo devolver cualquier envío y cancelar en cualquier momento. Aún si decido no comprar ningún otro libro de Harlequin, los 2 libros gratis y el regalo sorpresa son míos para siempre.

416 LBN DU7N

Nombre y apellido	(Por favor, letra de molde)
Dirección	Apartamento No.
Ciudad	Estado	Zona postal

Esta oferta se limita a un pedido por hogar y no está disponible para los subscriptores actuales de Deseo® y Bianca®.
*Los términos y precios quedan sujetos a cambios sin aviso previo.
Impuestos de ventas aplican en N.Y.

SPN-03 ©2003 Harlequin Enterprises Limited

Julia

Rachel Harper había decidido convertirse en una mujer sofisticada. Pero la cama deshecha, el café preparado por otro y aquella nota le recordaban que había cometido una locura impropia de ella. Se había llevado a casa a un hombre que había conocido en un bar.

Y se había quedado embarazada.

A pesar de lo nerviosa que se había puesto ante la idea de darle la noticia a Carter Brockett, lo cierto era que con él se sentía extrañamente cómoda. Pero debía recordar que Carter tenía toda una colección de ex novias que no habían sido capaces de hacerle comprometerse... ¿por qué iba a ser ella diferente?

Encuentro amoroso

Susan Mallery

Encuentro amoroso
Susan Mallery

¿Qué pensaría él de una ingenua maestra que había acabado acostándose con un desconocido?

Bianca™

Aquel diamante pertenecía a la familia Kyriacou desde hacía muchas generaciones. El primogénito debía ofrecerlo como regalo a la mujer a la que amara con todo su corazón...

El diamante de la familia Kyriacou había acabado por error en manos de la bella Angelina Littlewood y Nikos Kyriacou debía recuperarlo. Pero Angie tenía motivos para no querer perder aquella joya... y para querer vengarse de Nikos.

Así que decidió poner fin a la vida de hedonismo de Nikos... ¡casándose con él! Pero una cosa era chantajearlo para poder casarse con él y otra muy diferente descubrir que estar casada con el guapísimo y arrogante griego era un verdadero placer. Porque Nikos exigía que, como esposa suya que era, compartiera su vida... y su cama.

HARLEQUIN

Bianca

Joyas del corazón
Sarah Morgan

Joyas del corazón

Sarah Morgan